謎の女神
ラヴ・マーシー
禁忌のホムンクルス
メト
育成好きの魔物使い
黒羽 真(ネクロ)

『狂剣』
ストラ・スラスト
A級冒険者
エトナ

「メト、お願い」

「了解しました、マスター。……開けます」

少し緊張した面持ちで、メトは思い切り扉を開けた。

「――待っていたよ。

君たちがここに来るまでの道のりを、
ずっと見てたんだ」

Chaos Odyssey Online

～VRMMOで魔王と呼ばれています～

暁月ライト

ぶんか社

CONTENTS

第一章　魔物使いとキャラメイク……………… 003

第二章　暗黒熊と少女……………………………… 013

第三章　禁忌と使役………………………………… 053

第四章　冒険者ギルド……………………………… 084

第五章　戦力増強とアースドラゴン………… 114

第六章　砂丘のダンジョン……………………… 203

第一章　魔物使いとキャラメイク

燦々《さんさん》と燃え盛る太陽が僕たちを照らしている。

暑い夏の日差しが、鬱陶《うっとう》しい。

「なぁ、買ってくれよぉ。金は俺が出すからさぁ」

……ここ一ヶ月程度、そればかりを口にする友人が鬱陶しい。

「だから買わないって言ってるだろ。僕の夏休みは僕の過ごしたいように過ごす。誰にも邪魔されたくないんだ」

高校二年、夏休み。きっと、彼が終業式である今日を逃せばしばらくは勧誘のチャンスはなくなる。故に今日は今までよりも熱烈に僕を仮想世界へと引き摺《ず》り込もうとしているのだろう。

「でもリア友とCOOやりてえんだよ……ネッ友だとやっぱり色々《いろいろ》さ、融通利かないこととかあるじゃん？　ライバルもいねえしよぉ」

知らないよ。

「大体、僕以外に誘う人いないの？」

これだけ断ってるんだ。そろそろ違う人を対象に変えてもいい頃だろう。

「……誘えるような友達いねえんだよ、悪いか？」

何かの琴線に触れたのか、安斎《あんざい》から暗黒のオーラが漂い始めた。

「別に悪くはないよ、実際僕も同じようなもんだし」

正直、僕にも友達と呼べる人は数えられるほどしかいない。

「まぁ、取りあえず僕は帰るよ」

「あ、おい！　ちょっと待てッ！」

叫ぶ安斎を尻目に僕は自転車で全力疾走した。

◇

無駄に全力で漕《こ》いだせいで汗がダラダラと垂れてくる。凄《すさ》まじい熱気が僕を包み込み、かなりの不快感に襲われていた。こうなったのは安斎のせいだ、畜生め。

そもそも、僕は単なるＲＰＧよりも育成系のゲームを好む。

そういうゲームは色々あるけど、どれも最高に面白かった。

あ、そういえば帰り道にゲームショップがあったね。あそこの店主さんに聞いてみようかな。

……それに、少し涼みたいしね。

ほら、見えてきた。あれが僕が懇意にしているゲームショップだ。

「こんにちは、お久しぶりです」

嫌な音を立てるガラスのドアを開け、他に客がいないことを確認してから挨拶《あいさつ》をした。

「お、久しぶりだね……どうしたの？　そんなに汗かいて」

「まぁ、色々あって自転車で全力疾走してました」

怪訝《けげん》そうな目でこちらを見る女店主を無視して僕は話を切り出した。

「それより、育成系のVRゲーム出てませんかね？」

「……いつも同じことばっかり聞いてくるねぇ、君は」

まぁ、育成系のVRゲームはやり尽くしてしまったからね。

「んー、出てないけど……あ、そうだ」

思い出したかのように手をポンと叩《たた》くと、店主は店裏に引っ込んでいった。

何かいい作品があるのだろうか。

「これだよ、最近話題のやつ。知ってるでしょ？　COO」

COO、Chaos Odyssey Online《カオスオデッセイオンライン》。安斎に勧められた忌まわしきゲームだ。

僕がこんなにも汗をかいたのはあのゲームのせいでもある。

「……知ってますよ」

「なんか嫌そうだね……だったらやめとくけど」

「いや、話は聞きますよ」

正直、あんまり買うつもりはないけど。

「君向けに色々端折《はしょ》って言うとね、このゲームには魔物使い《モンスターテイマー》って役職があるのよ。結構な不遇職らしいけど」

……魔物使い《モンスターテイマー》、だと？

「ゲームとしてのクオリティも高いみたいだし、数千種類以上の魔物がいるらしいけど、どう？

いいと思うんだけど」

「買います」

安斎の思惑通りになるのは癪《しゃく》だが、買わないという選択肢は僕にはなかった。

「……さっきまで嫌そうだったけど、本当にいいのね？」

「買います」

またもや怪訝そうな顔をした店主からCOOのソフトを貰《もら》い、代金を払って店を出た。

その頃には既《すで》に汗は引き、体は少し冷えていた。

◇

家に帰り着いた僕はただいま、とだけ言って一瞬で寝間着に着替えると、水を一杯だけ飲み、速攻でソフトを入れ替えてVRベッドに横になった。

VRベッドの蓋《ふた》を閉じ、電源を入れて目を閉じる。

準備が完了したことを機械音声が告げるのを聞いて、僕は言った。

「I refuse reality」

僕は現実での意識を失った。

◆

目を覚ますと、そこは真っ白で暖かい光に満ちた謎の空間だった。

周囲を確認したが、何もない。そう思った瞬間、目の前にウィンドウが表示された。

『キャラクタークリエイトを開始します』

なるほど、ここはキャラクリ用の空間なんだね。

納得した僕はウィンドウの指示に従って自分のキャラを作り込んでいった。

三時間ほど経《た》ち、漸《ようや》くステータスなどを含めたキャラクターが完成した。

取りあえず種族は人間《ヒューマン》で職業は予定通りの魔物使い《モンスターテイマー》、ＳＰ《スキルポイント》は【ＨＰ自動回復】と【ＭＰ自動回復】に加えて【闇魔術】と【死霊術】を取得するのに使った。

特殊スキルの欄にある【魔物使い《モンスターテイマー》】は職業スキルと呼ばれるもので、使役《テイム》や契約《コントラクト》などのテイマー専用スキルを使えるようになる。【次元の旅人《プレイヤー》】はプレイヤー全員が持っているスキルで、解析《スキャン》やインベントリなどの基本的なスキルが使えるようになる。

ＨＰとＭＰの自動回復はスキルに関係なく元から備わっている機能だが、その回復量は本当に微々《びび》たるもので上の二つの自動回復スキルは必須らしいので取得した。闇魔術に関してはカッコよさそうだったから取得した。死霊術は死体のアンデッド化やアンデッドの召喚ができるスキルだ。

本体である僕の戦闘スタイルとしてネクロマンサーをやってみたかったから取得した。

20だけあったＡＰ《ステータスのポイント》に関してはＩＮＴ《魔法攻撃力》を主体にポイントを振っておいた。

プレイヤーネームはネクロマンサーに因《ちな》んで『ネクロ』だ。

それと、モンスターのテイムの仕方だが基本的には瀕死まで追い込んでからテイマーの固有スキル《使役《テイム》》を発動すればいいらしい。

更に、使役できるモンスターの数について少し説明しておくと、使役できる数に関しては無限だが同時に召喚できる数は初期状態だと三体が上限らしい。

まぁ、最初は仲間を三体同時に出せるだけでも強いと思うし、大丈夫だよね。更に言うなら、同時召喚数はこれから徐々《じょじょ》に増えていくしね。……さて、こんなところかな。

『準備が完了したらウィンドウをタップしてください』

もうやることは全部やったので、ウィンドウに触れる。

『チュートリアルを開始しますか?』

んー、チュートリアルはいいや。色々ネットで調べたし大丈夫でしょ。

というわけで『いいえ』の選択肢に触れる。

触れた瞬間、僕は眩《まばゆ》い光に包まれて意識を失った。

◇

その光が止《や》むと、そこは仄暗《ほのぐら》い闇の空間だった。

しかし、さっきの明るい空間と異なり、きちんと僕が作ったキャラの姿で僕はここに立っていた。声を出そうとすれば出せるし、体も動かせる。

「……なんだこれ」

思わず口から漏れ出た言葉。誰かに向けて言ったものではない。

「ふふ、なんだと思う？」

だが、背後からそれに答える声が聞こえた。

思わず振り返ると、そこには深い紫の髪と目を持った女が立っていた。その女は長身でとても美しく、自信に満ちた表情で僕を見つめている。

単なるＡＩであることは分かっているが、思わず見惚《みと》れてしまいそうになるほどの美しさだ。

「実はな、この場所のことは私もあまり分かっていないんだ」

「君がいる空間なのに？」

「ああ、私はこの空間に追放されたからここにいるだけだ。分かるのは、奈落の更に奥深くということだけだ。それと、ここに他人を留《とど》めておくことは本来できない。今はかなり無理をして君と話していることになる。しばらくすれば君はここから去ってしまうだろう。だから、できるだけ話は手短に済ませたい」

いや、追放って何？　何をしたらこんな暗黒空間に追放されるのかな？

「追放っていうのは？」

「申し訳ないが、それを話すと長くなる。勘弁してもらえるかな？」

滅茶苦茶《めちゃくちゃ》気になるけど……まぁ、いいや。

「いいよ。それで、僕にここで何を伝えたいの？」

「冥界、その奥地にある祠《ほこら》へと向かって欲しい。すぐには無理だと思うが、できるだけ急いで欲しい。それと、《祈祷術《きとうじゅつ》》というスキルを取得してくれ。スキルレベルは3あれば十分だ」

……冥界？　祈祷術？　ごめん、ちょっと何言ってるか分からない。

「えっと、取りあえず……冥界ってどうやって行けばいいの？」

「ああ、すまない。説明し忘れていた。闇魔術のスキルレベルを上げていけば、いつか暗黒魔術という上位スキルを取得できる。そのスキルを所持した上で祈祷術を使えば冥界に行けるはずだ」

闇魔術なら既に取ってるし、スキルレベルを上げるだけだね。その上げるだけ、が大変なんだろうけど。

「なるほどね、行き方は分かったよ。だけど……僕がそれをするメリットって何？」

「ふふふ、簡単なことだ。実は私は女神という奴でね、君に加護を与えられる。強力で便利な奴だよ。君がもし冥界の祠まで来てくれたら、君に強力な加護を与えることを約束しよう」

強力な加護、ね。

「……うん、分かったよ。行こう。どうせ目的なんて決まってなかったしね」

「本当か？　それはありがたい……実は頷《うなず》いてくれたのは君を含めて数人しかいないんだ」

僕を含めて数人。ということは話を持ちかけたのはもっといるってことかな。

「この話ってどれくらいの人にしたの？　結構言ってる？」

「それほど多くはないが……三十人程度だね」

三十人か……ほとんどのプレイヤーに言ってるってわけじゃないんだね。

「よし、質問はこれくらい……いや、最後に一つ聞きたいな」

「ん？　どうした、もう時間はないぞ。すぐ終わるやつで頼む」

そう言われて自分の体が徐々に消え始めていることに気付いた。

「大丈夫、すぐ終わるよ……僕はネクロ、君は？」

その質問を聞いて彼女は一瞬驚いたような表情になったが、すぐに微笑《ほほえ》んで答えた。

「私はラヴ、ラヴ・マーシー。不死と停滞を司《つかさど》る女神だ」

その言葉が聞こえたのを最後に僕の意識は消滅した。

第二章　暗黒熊と少女

　気が付くと僕は、物語の世界のような街の中に突っ立っていた。ここは、『ナルリア王国』の『ファスティア』という街らしい。

　周りには重厚な鎧《よろい》を装備した騎士風の男や、ローブを着た魔術師風の女など、正にファンタジーといった見た目の人間がたくさん歩いている。なんなら只《ただ》の人間だけではなく、獣の特徴を持つ人である獣人もいた。

　この光景、空気、喧騒《けんそう》。この光景には流石《さすが》に感動する。

この光景、空気、喧騒。どれもリアル。現在のVR技術で再現できるリアリティを超越しているように思えた。本当にファンタジーの世界に入り込んだみたいだ。

さて、チュートリアルとか説明とか全部スキップしたから自分で目的を持たないといけない。何からやろうかな。

　普通のＲＰＧだと最初からイベントが起きて主人公が流されるように動いていくけど、このＶＲＭＭＯだと自分が主体で動かなきゃいけないから何をすればいいかが分からない。自由度が高いとも言えるのだろうけど、選択肢が多いのではなく、選択肢がそもそもないのだからなかなか難しいね。

　……そうだね、取りあえず支給された物の中に、戦闘用のナイフとか採取用の装備とかに加えて、今僕が着ている革の装備くらいはあるからこの街を出てすぐの敵くらいなら倒せるはずだ。あわよくばテイムもしておきたい。

よし、そうと決まれば早速この街……『ファスティア』を出ようか。

「すいません、どこから街の外に出ればいいですか？」

普通に考えて変すぎる質問なのでプレイヤーに対して質問をした。

ちなみに、初期からあるスキルの解析《スキャン》でプレイヤーかどうかを確認できる。

「ん？　あー、こっから一番近い街門はあっちに真《ま》っ直《す》ぐだな」

完全に初期装備の僕を見た彼は、最後に僕を励ましてから去っていった。

◇

よし、漸く街の外に出れたよ。

初めてだったせいで少し手間取ってしまった。

まぁ、身分証明書も持ってない奴は明らかに怪しいよねって話ではあるが、他にも僕と同じ様な人《プレイヤー》は一杯いるんだからもう少し柔軟に対応して欲しかったな。

結局、最後は異世界人であることを確認されてからやっと仮の通行許可証を出されたし。

……うん、グチグチと過去のことに文句を言っていても仕方ないよね。

さっさとこの森の中を進もう。兵士曰《いわ》く、魔獣の森《ビースト・ウッズ》というらしい。

ここに行くことを伝えると、兵士には危険だと止められたが、僕がプレイヤーである以上、危険を犯さなければ成長はないだろう。必要なことだ。

ナイフを構え、周囲を警戒しながら森の中を進む。

僕が使える攻撃手段はMP量の関係で三回程度しか撃てない【闇魔術】の《闇球《ダークボール》》と、このナイフだけだ。HPもVIT《物理防御力》もMND《魔法防御力》も低いから警戒しすぎてもし足りないくらいだろう。

……奥の方に何かいるね。

ゆっくりと足音を立てないように心掛けながら近づく。

すると、そこには人の身の丈の半分ほどの大きさの兎《うさぎ》が佇《たたず》んでいた。

その兎の額からは鋭い角が長く伸びている。あれに貫かれたら一撃だろう。

まぁ、取りあえずこういう時は……解析《スキャン》。

表示された結果は、角兎《ホーンラビット》Lv．7（Nameless）。HPなどのステータスは《閲覧権限がありません》と表示されて見れなかったが、レベルが6も離れているということだけは分かった。正直、勝つのはちょっと絶望的かもしれない。

……仕方ない、この兎は諦《あきら》めて違う獲物を探そうかな。

◇

ねぇ、この森、あの兎以上の強さの奴しかいないんだけど。

ここまで死んでないのは、正直奇跡みたいなもんだよ。

もう、しょうがないね。あの兎を倒すしかない。もしくはテイムだ。

でも、あいつを倒す手段を思いついていないわけではない。

まぁ、今思いついている作戦はかなりシンプルなものだけどね。全然大層なものじゃない。現実でもよくあるやつだ。所謂《いわゆる》……落とし穴作戦だよ。さっき採取用の装備の中にあったシャベルやらで、召喚したスケルトンたちと一緒に穴を掘った。

それと、あの兎の攻撃パターンは既に確認している。

通りがかったプレイヤーが目にも留まらぬ速さの突撃を食らい、頭蓋骨《ずがいこつ》を鋭利な角で貫かれているのを見てしまったからね。

要するに、あの兎の主な攻撃手段は角を利用した突撃だということだ。

僕はその突進を今回は利用する。

残念なことに、あの兎を釣るための都合のいい餌《えさ》はなかった。支給されていた保存食に興味を示すかも試してみたが、あのクソ兎は乾いたお肉に一瞥《いちべつ》すらくれなかった。更に言うなら、全身カルシウムのスケルトンにも一切興味はないらしく、攻撃させても軽く角で突かれて壊されるだけだった。投石させようともしたが、スケルトンでは兎が反応するほどの威力を出すことができない。

だから、もう仕方ない。あの突進を誘う為《ため》には僕自身が餌になるしかないということだ。別の方法もあるかもしれないが、流石にこの危険な森でこれ以上試行錯誤《しこうさくご》している時間はない。

作戦は簡単、今僕の目の前に掘ってある落とし穴に僕を囮《おとり》にして叩き込むだけだ。

そしてどうやって兎を誘《おび》き寄せるかだけど……これでいいかな。

僕はそこら辺に落ちていた石ころを拾い、夜の闇で満ちた森の奥へと狙いをつけた。狙いの先には、茂みの隙間《すきま》から毛深い獣の体がチラチラと見えている。

当てることが目的ではなく、僕の存在を気付かせることが目的だ。

さぁ、ピッチャー。第一投……投げましたッ！

石ころが獣に命中する。ブモォオオオッ！！！　という大きな叫び声を上げてこちらに突進してきたのは予想通りの兎……ではなく、猪《いのしし》だった。

茂みの中から現れた黒い猪を反射的に解析《スキャン》する。

黒猪《ブラックボア》(Nameless)　Lv．13

失敗に気付いた僕は全力で逃げようとする。

が、猪はすぐに僕の元まで辿《たど》り着き……落とし穴の底へと落ちていった。

穴の底を覗《のぞ》くと、怒りの叫びを上げ続ける猪の姿があった。

何度も何度も上へと登ろうとするが、垂直に掘られた穴を猪が登れるわけもない。

……結果オーライ、かな。

気を取り直した僕は穴の底に向かって闇球《ダークボール》を放ち続けた。

魔力が回復しては放ち、魔力がなくなっては木の枝の先に括《くく》り付けたナイフで突き刺した。

数分後、無機質な声が僕の脳内に響いた。

《レベルが［5］に上昇しました》
《SP、APを［40］ずつ取得しました》
《『称号：下克上』を取得しました》
《『称号：策士』を取得しました》

つまり、猪は死んでしまったということだ。

途中で何度かテイムを試みたのだが、ダメだった。お前なんぞに従ってたまるかとか、お前に従うなら死んだ方がマシだとか言っていた。自分の命を軽《かろ》んじるのはやめて欲しい。

テイムできなかったのはやはり、レベル差がありすぎたからだろうか。確かに、自分よりも格下に従うのは抵抗があるだろう。僕もネズミの奴隷になれと言われれば死んだ方がマシだと思うかもしれない。

……まぁ、そんなことはどうでもいいね。いきなりLv．5になったんだ。初心者としては快挙と言ってもいいんじゃないだろうか。

だからと言って、策士は言いすぎだけど。やったことと言えば落とし穴を掘っただけだ。原始人と同じことをして策士と呼ばれるのは少し条件が緩すぎる気もするが、まぁ、スキルやステータスに頼らない範囲で相手を無力化するとか、倒すとか、取得条件はそこら辺だろうか。

一応、称号を確認しておこうかな。


『称号：下克上』自分よりも格上の存在に打ち勝った者に与えられる称号。

［自分よりもレベルの高い相手に与えるダメージがレベル差×1％増加し、受けるダメージがレベル差×1％減少する（どちらも最大75％）］
『称号：策士』策略を立て、戦いに挑んだ者に与えられる称号。
［INTが＋30され、MPが＋20される］

下克上は序盤だと役に立ちそうだね。策士も普通にありがたいよ。特にMP。

取りあえず、APとSPだが……APは10をMPに、10をINTに振る。残りの20は温存しておく。SPは全て温存だ。

さて、ログイン時間が遅かったせいでもうとっくに日が暮れている。

そろそろ街に戻ってからログアウトしようかな。

そう思い僕が腰を上げげた時、森の奥に二つの影が見えた。

よく見てみると、黒い髪に青い目を持った人間が真っ黒な熊と戦っているようだった。

……解析《スキャン》。

暗黒熊《ダークネス・ベアー》　Lv．35
人間《ヒューマン》（エトナ・アーベント）　Lv．42

いや、明らかに強そうな熊もヤバいんだけどさ、それ以上にヤバいのはあの少女だ。黒髪に青い目の少女だ。こんな女の子がLv.42ってどういうこと？　Lv.35の暗黒熊《ダークネス・ベアー》と余裕で戦えてるから、表記バグってこともなさそうだし。

その異常に興味を惹《ひ》かれた僕は、戦闘を観察することにした。

暗黒熊の赤い目が光り、地面から漆黒の巨大な刃《やいば》が飛び出す。

だが、黒髪の少女は足元を見るまでもなく簡単に回避し、そのまま熊へと走り出した。そして、呆然《ぼうぜん》とする熊の首を手刀でスルリと刈り取った。少女の真っ黒に染まった手を見るに、なんらかの術を使ったのだろう。

ふぅ、と少女は息を吐いて死体と化した熊の剝《は》ぎ取りを始めた。

その様子を見て安心した僕は踵《きびす》を返そうとした。

が、その瞬間に僕は見てしまった。少女の後ろの茂みから覗く鋭利な角を。

間違いなく、あれは角兎だ。赤い瞳が少女の首筋を睨《にら》みつけている。

あの熊を倒した実力者とはいえ、あの角を首に刺されればタダでは済まないだろう。

僕は茂みを飛び出し、力の限り叫んだ。

「後ろだッ！　避《よ》けろッ！」

僕の大声に気付き、視線を熊から僕へと変更した少女。

だが、もう遅い。角兎は既に少女へと向かって駆けている。

少女の背後に迫る角兎。私ですか？　と自分を指差す少女。

お前以外いないだろッ！　クソ、ダメだ。もう回避は間に合わない。

走りながらだが、一撃で殺せるように残ったAP20をSTRに振り切る。

角兎が大地を踏みつけ、その角で少女を突き刺そうと跳躍した瞬間、僕は空中の角兎の首筋に勢い良くナイフを振り下ろした。

全力で振り下ろされたナイフは角兎の首の半分ほどで止まったが、角兎を地面に叩き落とすには十分だった。余りの痛みと衝撃に地面の上で動きを停止させた角兎の首を掴《つか》み上げ、強引に地面に叩きつける。突き刺さったナイフを抜き、仰向《あおむ》けになった角兎の首筋に再度ナイフを叩きつけた。

結果、半分まで切れていた首は完全に斬り落とされ、角兎は絶命した。

《レベルが［6］に上昇しました》

《SP、APを［10］ずつ取得しました》

……なんとか間に合ったみたいだ。かなりギリギリだったけど。

「あ、あの！　すみません、迷惑かけて……」

申し訳なさそうに頭を下げる少女。少女の前に美がつかなければ僕は軽く説教していたところだったが、ついていたので問題はない。

「大丈夫だよ。僕にはなんの損害もないし」

僕は少女を安心させるようにそう言った。

「……とはいえ、お礼はしないといけませんね」

「いや、別にいいよ」

僕はさっさと街に帰ってログアウトしなきゃいけないからね。

「いやいや、そういうわけにはいきません！」

「……まぁ、簡単な物なら貰っておくよ」

角兎を殺しただけであまり上等な物を貰うわけにはいかないからね。

「うーん……お礼と言っても今は渡せるような物がないんですよね……」

「いや、だったら別に大丈夫だよ。無理して渡す必要もないから」

そして、僕はもう帰りたいから。夕飯がやばい。

「そうは言っても……あ、いいこと思いつきましたよ」

嫌な予感がする。

「えっと、冒険者の成り立てですよね？」

「……まぁ、冒険者ギルドには所属してないけどね」

近いうちに登録しようとは思ってるよ。便利らしいし。

「ふむふむ、なるほどなるほど……」

あぁ、頭いい感を出そうとしてるところが最高に頭悪そう。

「ということは、レベルは余り高くはないですよね？」

まぁ、そうだね。

「そうだね。さっきレベル6になったばっかりだよ」

「ふむふむ……ということはレベルをもっと上げたいですね？」

顎《あご》に手を添えながら僕の方へと歩み寄ってくる少女。

「まぁ、そうだね」

僕が答えた瞬間、ガバッと手を大きく開いて少女は嬉《うれ》しそうに言った。

「よし、じゃあ決まりですね！　私が貴方《あなた》のレベル上げを手伝いましょう！」

「あ、僕は養殖とかやらない主義なんで」

なんだかもう色々と面倒になった僕は踵を返し、夜の森へと消えていった。

「ちょっと！　待ってくださいっ！　なんで逃げるんですか?!」

全力で逃げ出した僕の前に現れた黒髪の少女。どうやら逃亡は失敗のようだ。

「さっきも言った通りだけど……僕、養殖はしない主義なんだよね」

「えっと……よ、養殖ってなんですか……？」

あー、プレイヤーならともかくＮＰＣなら知らないよね。

「まぁ、簡単に言えば他人の力に依存したレベル上げかな」

パワーレベリングともいう。

「えっと……その養殖？　の何がいけないんですか？」

「まぁ、別にいけないってことはないんだけど……やっぱり自分の力で成長したいなってところはあるんだよね。魔物使いの僕が言うのもなんだけどさ」

魔物使い、と言ったところで少女は視線を真っ直ぐ僕に向けた。

「魔物使い……なんですか？」

「うん、そうだけど。それがどうかしたの？」

少女は深く考え込むような姿勢を取り、数秒してからそれを解除した。

「いや、なんでもないですよ」

「そう？　気になることがあったら聞いていいよ」

なんでもない、と言う割には過剰な反応だったように見える。きっと、何かはあるだろう。しかし、それを僕から深くまで探ると良くないだろう。

「いえ、本当に大丈夫ですよ……えっと、それでですね……そうです！　付いていくだけです！

もし死にそうになったら助けるってくらいです！」

ただ付いていくだけって、それ僕に得ないよね……？

「……いいよ」

僕は諦めた。

「本当ですか?!　良かったです……誰かと純粋な探検とかしてみたかったんです」

もう僕に礼をするのが目的じゃなくなってるよね、絶対。

「それで、いつがいい？」

「いつでも構いませんけど……明後日遊びに行きましょう！」

遊びに……まぁいいや、明後日ね。

「おっけー、それじゃあ……僕はネクロ、魔物使い《モンスターテイマー》だよ」

「はい、エトナ・アーベントです」

まぁ、解析《スキャン》で知ってるけど。

「エトナ、ね。明後日はよろしく」

「はい、よろしくです！」

なんだか腑《ふ》に落ちないような気持ちはあったが、エトナの邪気のない笑顔を見ていると、それもどうでもよくなった。

「じゃあ、今日はもう帰るけど……ファスティアまで一緒に行く？」

「はい！　付いていきますよ！」

謎は多いが、全て忘れて取りあえず帰ることにした。

◆

翌朝、トーストを食べた僕は歯を磨き、顔を洗って速攻でVRベッドに入ろうとしていた。

その時、僕のスマホから音が鳴った。メールだ。

『安斎：なぁ、買ってくれよぉ……』

まだ言ってたのかこいつは、と溜息《ためいき》を吐《つ》きかけたが僕は思い出した。

そういえばCOO買ったんだった。

『黒羽：もう買ったよ、COO』

黒羽、というのは僕の名前だ。フルネームは黒羽真《くろはねまこと》。

『安斎：マジで?!　え、今からできる？　やろうぜ』

『黒羽：いいよ、ちょうど今やろうとしてたところだし』

『安斎：やったぜ。お前、ファスティアにいるよな？』

『黒羽：最初の街のことなら多分そうだよ』

『安斎：おっけ、じゃあ中央の噴水で待ち合わせな』

『黒羽：分かったよ』

『安斎：プレイヤーネームはチープな』

『黒羽：お似合いだね、僕はネクロだよ』

『安斎：おう、覚悟しとけ』

メールを終了した僕はスマホを机の上に放り投げ、VRベッドにダイブして電源を起動した。準備完了を知らせる機械音声を確認した僕はすかさず唱えた。

「I refuse reality」

◆

COOの世界に入り込んだ僕は早速待ち合わせの場所へと向かった。

噴水の周りにいる人物を片っ端から解析《スキャン》していく。

五人目くらいでチープという名前のプレイヤーを一人発見した。因みに、プレイヤーは解析《スキャン》すると*player と表記が出るので分かる。

「おはよう、チープ」

「お、ネクロか。遅刻だぞ」

時間なんて決めてなかっただろ。

「……それで、今日はどうするの？」

「取りあえず初心者たるお前のレベル上げだな。お前、ジョブはなんだ？」

ジョブ、職業のことだ。

「魔物使い《モンスターテイマー》だよ。今のところ仲間はいないけどね」

それを聞いたチープは無駄にイケメンに作り込んである顔を歪《ゆが》めた。

「う、うわぁ……完全に地雷職じゃねぇか」

「地雷職……弱いの？」

「まぁ、弱いな。それにモンスターを仲間にする難易度が高すぎる」

んー、レベル差があるとできないとかだろうか。

「そんなに難易度が高いの？」

「高い。まずテイムの成功条件だが、相手がテイムされることを認めることだ」

え、そうなんだ。確率だと思ってたよ。

「当然だが、モンスターは何もなしにテイムを認めることはない。つまり、瀕死まで痛めつけて半強制的に認めさせる必要がある。だけど、テイマーってのは本体の能力は基本的に高くないんだよ。だから瀕死に追い込むことすら厳しい。更に、瀕死に追い込んだところでそのモンスターがプライドが高い奴ならテイムはされないよな。もう一つ言っとくと、友好度が低いと命令が効きづらくなる。だが、基本的にテイマーとモンスターの友好度は低い。当たり前だよな、瀕死になるまでボコボコにされた奴の言うことなんて聞きたい奴はいない……っとまぁ、そんなところだな。まぁ、こんなことは言いたくないが、キャラリセするのもアリだと思うぜ」

……絶望も絶望だね。でも、諦めるつもりはないかな。

「これでも、育成ゲームは結構やり込んでる方なんだ。確かに、このゲームは今まで僕がプレイした中で最高難易度かもしれないけど…………まぁ、僕が諦める理由にはならないかな」

「……そうか、お前がそう言うんなら構わねえけどな」

そう言って街門に向かって歩き出したチープだったが、途中で振り向き、再度僕に話しかけてきた。

「なぁ、お前。もしかしてだけどこのゲーム買った理由って……」

「勿論《もちろん》、テイマーがあるからだよ」

自信満々《まんまん》に僕は告げた。

「……盲点だったな。ジョブ紹介くらいしとくべきだったか」

トボトボと歩き出したチープを追って、僕は街の外を目指した。

◇

辿り着いた場所は湿原だった。

ぷよぷよしたスライムが元気に跳ね回っているのが見える。

「へぇ、こっち側はスライムが出るんだね」

「こっち側って……お前どこでやってたんだ？」

「えっと、魔獣の森《ビースト・ウッズ》だったかな。角兎とか出るところだよ」

僕がそう告げると、チープは無駄に整わせた顔を歪ませて言った。

「そこ、初心者が行く場所じゃないぞ……よく死ななかったな」

「運が良かったんだよ」

実際、茂みに隠れながら移動していたとはいえ魔獣が跋扈《ばっこ》する森の中で偶然見つからないとは限らないしね。

「そういうもんかぁ？　ていうか、チュートリアルで最初はネン湿原を勧められるハズなんだけどな。無視したのか？」

チュートリアル。

「いや、僕は飛ばしちゃったんだよね。チュートリアル」

「……マジかよ。もしかしてお前、冒険者登録もしてない？」

「うん」

数秒の沈黙が流れる。

「うん、じゃねーよ……お前、ギルドカード持ってないのかよ……」

「もしかして、持ってないとヤバい？」

「もしかしなくてもヤバいわ。お前街から出るのにも苦労しただろ」

……ものすごく苦労したよ。

「つ、通行許可証貰ったから……」

「それの効果、三日で切れるからな。毎回毎回、通行許可証を貰うのも面倒臭いだろ？　それに、冒険者ギルドは結構便利だぞ。悪いこと言わねぇから登録しとけ」

……うん、これは素直に登録した方がいいね。

「そうだね、後で登録しとくよ」

「それがいいぜ。じゃあ、取りあえず……ステータス見せてくれ」

僕は自分のステータスをウィンドウにして表示させた。チープには勿論閲覧許可を出してある。

「へー、レベル6か。意外と進んでるな。誰も使役してないのは痛いが」

「そうだね。でもまぁ、テイマーとして成長の余地があるってことだよ」

「それはレベルもだけどな。俺とのレベル差は36あるぞ」

つまり、さらっと自慢してきたチープのレベルは42ってことだね。

「御託はいいから早くレベル上げをしようよ」

「はいはい、分かったよ。つってもあのスライムたちを殺戮《さつりく》するだけだけどな」

まぁ、そうだろうね。

「それで、一定数のスライムを倒したらボスみたいな奴が出てくるんだよ。なんか……まぁ、でっかいスライムな。そいつは俺がある程度弱らせるからお前はトドメを刺せ」

「ありがたいけど……いいの？　そういうの」

正直、養殖とかは好きじゃないんだけどなぁ……まぁ、ここまで付いてきたし、今更断るのも申し訳ないから今回だけは頼もうかな。だけど、できるだけ自分の力で戦いたいところだね。

「ん？　別にいいんだよ。ＣＯＯは序盤はソロだとキツイからな」

言われてみれば、確かにそんな気はする。角兎《ホーンラビット》とか黒猪《ブラックボア》とかね。

「じゃ、始め……る前にフレンド登録とパーティを組むぞ」

あー、そういうのあるんだね。ＭＭＯだとありがちなやつだ。

「分かったよ、どうすればいい……あ、これを了承するだけでいいの？」

どうすればいいか尋ねようとした瞬間、目の前にフレンド登録の許可を求めるウィンドウが出現したので了承しておく。続いてパーティ登録も許可しておいた。

「よし、完璧だな。それじゃあ狩りまくるぞ」

そう言うとチープは長めの双剣を鞘《さや》から取り出してスライムに向かって駆けていった。

「それじゃあ、僕も行こうかな」

僕はチープとは違う方向に進むことにした。

ぷよぷよとしたスライムが目の前で跳ねている。あれを枕にして寝たら気持ち良さそうだ。明らかに敵対心がないスライムに刃を突き立てるには躊躇《ちゅうちょ》があるが、下手な情は不要だろう。そもそも、僕は既に兎だって殺したんだ。

……よし、殺《や》ろう。

無防備に跳ね回る水色の不定形にナイフを振り下ろす。

ナイフは簡単にめり込み、一瞬でスライムは真っ二つになった。

「え、こんなに弱いの？」

「おう、スライムはめっちゃ弱いぞ。勿論、経験値は少ないけどな」

突然背後から現れたチープ曰く、スライムは弱い代わりに魔力の溜《た》まり場から簡単に発生し、魔力を餌に繁殖《はんしょく》するらしいので絶滅することはほぼありえないらしい。

「なるほどね」

言葉を返しながらナイフを振り下ろす。

一つ、二つ、三つ……脳死でスライムを殺戮していく。

二十分も経つ頃には百体以上は倒していた。

「おい、来たぞネクロッ!!！　ナイフを構えろ！」

突然チープが叫び出したのを聞いてそちらを見ると、青い巨大なスライムがチープに向かって突撃していた。

「ネクロッ！　まだ手を出すなよッ！　自分の身だけ警戒しとけ!!」

「了解だよ、チープ」

チープが華麗に巨大スライムの攻撃を避け、剣戟《けんげき》をスライムにお見舞いするのをただ僕は眺めていた。暇なのでそこら辺のスライムを狩りながら見守っていると、突如魔力が巨大スライムに集まり始め、巨大スライムの体が青から深い紫に染まった。

明らかに強化が入ったようだが、それを見たチープは嬉しそうに笑った。

「よっしゃ、HP三分の一切ったぜッ！　双千斬《そうせんざん》ッ!!」

双千斬、スキル名を叫んだチープの体からは青いオーラが迸《ほとばし》り、目にも留まらぬ速さで双剣をスライムに斬りつけ始めた。

その光景を静かに眺めていると、チープが突然こっちを向いて叫んだ。

「ネクロ、あいつに魔法を撃ち続けろ！」

現在レベル8の僕はMPもそこそこ増えて十発までなら撃てるようになっている。

まだAPはほとんど振っていないが、そろそろ振るべきだろうか。

「闇球《ダークボール》、闇球《ダークボール》、闇球《ダークボール》……」

文字通り連打したが、十発撃ち込んでも死ななかった。なので、巨大スライムに近づいてナイフで斬りつける。少し危険だけど、待ってるのは得意じゃないんだ。

「おい、危ねえぞネクロ！」

「大丈夫、これは訓練でもあるしね」

いつまでも自分より弱いものと戦っているだけでは成長しない。だから、強い敵とギリギリの状況で戦うんだ。それで戦闘スキルが磨かれることを願ってね。

「んー、あんまり強くないね。正直もうちょっと強いのを期待してたんだけど……期待外れかな。レベル8の僕に翻弄《ほんろう》されてる時点で恥じるべきだよね」

「……いや、スライム相手に何言ってんだお前」

テイマーには魔物と意思疎通を交わす能力がある。要するにこれは挑発だ。余りにも安い挑発だし、スライム相手に挑発が効くかは知らないが、まあやるだけ得だから試しておいていいだろう。

「ピキ、ピキキ（なんだ、お前）」

あ、完全に僕がロックオンされた。

「挑発、効いたみたいだよチープ。やっぱり、スライムって頭も弱いんだね」

「ピ、ピキイイイイイイイイ！！！（こ、殺すううううううう！！！）」

……なんか、更にキレてるけど。まぁ、結果オーライってことで。

さっきよりも動きが速く、だが直線的で荒くもなった突進が僕を襲う。動きが単調になった巨大スライムの動きはたとえ速くとも簡単に読むことができた。

スッ、と軽く突進を躱《かわ》す。

うん、これで避けながら斬りつけることもできるようになったね。

……よし、闇球《ダークボール》一発分の魔力が溜まった。どーん！

紫色の球体が紫色のスライムにぶつかって爆《は》ぜる。

スライムが怯《ひる》んだ隙にナイフで何度も表面を斬り刻む。

効いているようには見えないけどダメージは確かに通っているらしい。

「ピ、ピキ、ピキイイイ……」

あ、マズい死んじゃう、テイムしないと。そう思い指先を巨大スライムに向けた。

「僕の仲間になる気はある？　あるなら助けてあげるけど」

魔力が溜まった僕はその指先に紫色の球体を発生させた。

「ピ、ピキ、ピキィ……ピキィ！（お、お前に、従うくらいなら……死ぬ！）」

「そっか、残念」

指先に発生させた闇球《ダークボール》を射出し、巨大スライムを絶命させた。

……やっぱり、テイマーの道は厳しそうだ。

悟ったような気持ちになっていると、脳内にいつもの無機質な声が響いた。レベルアップだ。

《レベルが［15］に上昇しました》
《SP、APを［70］ずつ取得しました》
《『称号：ネン湿原の踏破者』を取得しました》
《『称号：スライム狩り』を取得しました》

お、7レベルも上がったね。そろそろSPもAPも振らないと溜まっていくばっかりだ。余裕があるとも言えるかもしれないけど。

取りあえず、称号を確認しよう。

『称号：ネン湿原の踏破者』ネン湿原を踏破した者に与えられる称号。
［称号獲得時にSP、APを100ずつ取得する］
『称号：スライム狩り』スライムを一定数狩った者に与えられる称号。
［スライムに与えるダメージが10%増加する］

スライム狩りは今のところあんまり要らないかな。でも、踏破の報酬は異常に美味《おい》しいね。これは、どんどん攻略を進めていけという運営の意思なのかな。

「お、俺も1レベ上がったわ。お前は？」

「7レベ上がって、15レベルになったよ」

「そっかそっか、意外と上がったみたいで何よりだわ」

満足気に頷くチープ。

「そういえば、お前はこの辺の地理は分かってんのか？」

地理、か。苦手なんだよねぇ。

「うん、苦手かな」

「……すまん、何言ってるのか分からんが、どうせ知らんだろ。というわけでこの俺が直々《じきじき》に説明してやる」

「無駄に偉そうだね」

「うるさい。説明するぞ。……まず、ファスティアから西に真っ直ぐ行くとネン湿原、つまりここだ。ここは見ての通りスライムくらいしか出ない上に、相当狩ってなきゃボスも出現しないから正に初心者向け、ゲームを開始して真っ先に来るフィールドなんだ。チュートリアルでも言われるようにな」

ごめん、僕そのチュートリアル受けてないんだよね。

「次に、北に行くと黒樫《ダークオーク》の森。ネン湿原よりは難易度が上がり、ゴブリンやコボルトが偶《たま》にいる。レベル1だと厳しいだろうが、まだ集団で襲ってくるほどの群れが存在していないだけマシだ。ネン湿原の次に来るべき場所だろうな」

なるほど、二番目のフィールドってことね。

「そして、東に行くと魔獣の森《ビースト・ウッズ》。お前が何故《なぜ》か最初に行ったところだな」

いや、何故かって言われてもね。

「ここは知っての通り難易度が高い。レベル1でここに来れば99％は死ぬ。お前は残りの1％だったみたいだけどな」

百人に一人って意外といるね。

「……なんかアホなこと考えてそうだから訂正しておくが、百人に一人が運が良ければ生還できるってところだな。倒すまで行くのは1％どころか小数点以下だ」

思考を読まれた上にアホ呼ばわりされたんだけど。

「じゃあ、話すぞ。この森は北の黒樫《ダークオーク》の森と繋《つな》がっている。だから、偶にうっかり北から流れてきてポックリ逝《い》く奴がいる。基本的にそんな事故でもなければ入らないのが魔獣の森《ビースト・ウッズ》だ。名前の通り、この森は魔獣で溢《あふ》れている。角兎《ホーンラビット》に黒猪《ブラックボア》、運が悪ければ暗黒熊《ダークネス・ベアー》、もっと悪ければエリアボスだ。まだ未確認だけどな」

エリアボス、さっきの大きいスライムみたいなのか。

「この森の何が一番厄介かって、角兎《ホーンラビット》だ。他の厄介な敵と戦っている間にあのクソウサギに奇襲される。茂みから突然出てきてこんにちはだ。角が見えた時には死んでると思った方がいい。大体その時にはもう刺さってるからな」

確かに、エトナも結構危なかったよね。

「そして、最後が南の荒野……アボン荒野だ」

アボン荒野、初耳だ。

「ここは俺も一回しか行ったことがないが、高レベルのゴブリンに群れで襲われ、空からは鳥が強襲し、地面からでかいミミズみたいなのが出てくる。一番最悪なのが蠍《さそり》だ。3メートルくらいの蠍が襲ってくる。しかもあいつら物理面でも強いくせに土魔法も使ってくる。あそこだけは無理だ」

うん、話を聞くだけでも行きたくなくなるね。

「……それでチープ、これからどうするの？」

「ん？　あー、特に考えてなかったな」

チープは考え込んだ後、ニヤケ顔で僕に提案した。

「千層ダンジョンにでも行くか？」

「何？　千層ダンジョンって」

「エノルロンド王国にあるダンジョンだよ。地下深くまで延びてるらしいけど未《いま》だに最下層まで到達した者がいないもんで千層ダンジョンって名付けられたらしい」

へぇ、王国の中にダンジョンがあるんだ。すごいね。

「今は何層まで到達してるの？」

「確か一二八層だったかな？　先代の勇者が挑戦した結果らしい」

最高で一二八層か、絶対千層もないと思うんだけど。

「へぇ、すごいね。それで、そこに行くの？」

「いや、冗談のつもりだったんだけどな。難易度が滅茶苦茶高いから俺とかお前が行ける場所じゃない」

なんだ、行かないんだ。レベルが50くらいになったら行ってみようかな。

「じゃあ、ここら辺で一番ヤバいダンジョンってどこ？」

「ここら辺っていうほど近くはないが……ファスティアの隣のセカンディア。そこの『昏《くら》き砂丘のカタコンベ』は相当ヤバいらしいぜ？　幻のダンジョンだとか言われてる」

「らしいぜ、ってチープは行ったことはないの？」

　チープはコクリと頷いた。

「あぁ。そもそも、そのダンジョンに入れるかどうかすら運次第っつーか……見つけられるかどうかが最初の問題なんだよな」

「運次第？」

「って言われてるな。だから、幻のダンジョンなんだよ。まぁ、実際は運じゃなくてなんかの条件があるのかもしれねぇけどな」

「へぇ……それで、難易度はどうなの？」

　チープは口角を上げた。

「噂《うわさ》じゃあ、クソヤバいらしいぜ？　なんでも、β《ベータ》勢でも結構有名なレンとクラペコって奴らが挑んでダメだったらしい」

　らしい、が多すぎて信憑性《しんぴょうせい》に欠けるが……もし本当にあるなら、一度行ってみたいね。

「ま、僕らの身の丈に合ってないダンジョンの話はこれくらいにしといて……僕でも行けそうなとこだとどう？」

「そうだな……ファスティアの南の方にあるダンジョンにでも行くか？　正直言って、俺も名前と場所しか知らねえが難易度が高いって話は聞いたことねぇな。つか、無名すぎてなんの噂もないダンジョンなんだけどよ」

「いいんじゃないかな。何も知らずに挑むってのも面白いし」

僕は千層ダンジョンに行く気満々だったんだけどね。

と、出発する準備をしようとしたあたりでチープの動きが固まる。

そのままギギギ、と音が立ちそうなほどぎこちない動きで僕を見ると、こう言った。

「…………すまん、クラン長に呼ばれたから落ちなきゃいけねぇ」

申し訳なさそうに言うチープを少し揶揄《からか》いたくなったが、グッと堪《こら》えた。

「いや、別にいいよ。元々《もともと》いつまでやるだなんて予定はなかったしね」

「ありがてぇ……じゃあ、またな」

走り去るチープに手を振って別れを告げた。

「さて、じゃあ南のダンジョン、行こうかな」

ファスティアの南にあるというダンジョンを目指して、僕は歩き出した。


数時間後、僕は南のダンジョン『石畳の迷宮』に辿り着いた。めっちゃ歩いた。

「はぁ……あんまり戦ってないのに疲れたよ」

そういえば、このダンジョンはまだクリアされていないらしい。

僕はここまで来るのが面倒な上に報酬もそんなに美味しくないらしいから攻略されていないんじゃないかな、と予想している。

準備が完了した僕は山の麓にあるダンジョン、石畳の迷宮に僕は足を踏み入れた。

ボロボロの木の扉を開いて中に入ると、切り抜かれた石の洞窟が僕を出迎えた。少し奥に骸骨が歩いているのが見える。ここはアンデッドが多いダンジョンなのかもしれない。

あ、戦闘の前にステータスを割り振ろうかな。

今手元にあるAPは200、SPは240だ。

考えた結果、AGI《敏捷性》に40、VITに10、MNDに10、HPに30、MPに60、INTに50振った。

SPはHP、MP自動回復をレベル3まで上げ、残りで闇魔術をレベル3にした。

残りの90SPは温存しておく。

逃走用のAGIともしもの時の耐久力を上げ、残りを魔法攻撃用に振った感じだ。

「よし、じゃあ行こうか」

周囲を確認して、暗い洞窟の奥を徘徊《はいかい》するスケルトンにナイフを投げ付けた。

ナイフは頭蓋骨を貫き破壊した。結果、スケルトンはカタカタと崩れ落ちた。

なるほど、結構弱いっぽいね。

雑魚《ざこ》敵の戦力分析を終えた僕はナイフを回収し、先へ進む。

スケルトンを瞬殺しながらしばらく進むと、何やら物々《ものもの》しい感じの扉を発見した。恐らく一層のボス部屋だろう。

戦闘に備え、死霊術でスケルトンを五体呼び出しておく。

こんな寂れたダンジョンの一層のボスだ。そこまで強くはないだろう。流石に死霊術で召喚したスケルトンだけで倒せることはないだろうけど。

「よし、じゃあ行くよ。スケルトンたち」

MPが回復した僕が少し重いドアを開けると、そこには、半身が青い筋肉質な肉体で、半身が深い青色の氷でできた大きめの馬が佇んでいた。控えめに言っても強そうな馬の後ろには、下へと続く階段があった。

馬と目が合う、と同時に解析《スキャン》する。


氷結の蒼馬《フローズン・ブルーホース》(Nameless)　Lv．43　*Unique

え、何こいつLv．43って何？　しかもユニークモンスター？　絶対勝てないじゃん。

なんでこんな寂れたダンジョンの一層フロアボスがユニーク化してたかは知らないけど、このダンジョンの踏破者が出ないのはこいつが原因だろうね。

「みんな、逃げるよ。こいつは勝てない」

そう言ってドアを開けようとする、が。

「開かない……？」

正直、予想はしていた。

ボス部屋の入り口はボスを倒すまで開かない。ありがちな設定だ。

焦る僕に追い打ちをかけるように氷馬がヒヒィンと嘶《いなな》いた。

すると、地下への階段の前に大きな氷壁が出現した。

……入り口、出口、共に閉鎖。脱出は不可能だ。

となると、後はこの氷馬と戦うしかない、か。

「みんな、戦うよ。徹底抗戦だ」

レベル差28の絶望ボスバトルが今、幕を開けた。

覚悟を決めた僕の雰囲気を悟ったのか、氷馬がニタリと嗤《わら》った。

そのムカつく馬面を今すぐにぶっ飛ばしてやりたい、だけど我慢だ。

「全員、突撃だ」

取りあえず、相手の攻撃方法を見たい。

場合によっては無効化できる手段があるかもしれないし、そうでなくても何かしらの弱点が分かるかもしれない。

自分より強い相手に勝つには、先《ま》ず相手をよく知ることだ。

スケルトンたちが氷馬に突撃していく。死霊術のスキルレベルが低い僕は、召喚したスケルトンたちに簡単な武器を持たせることもできない。要するに無手での突撃だ。

スケルトンの突撃を見た氷馬は嗤い、そして嘶いた。

すると、氷馬の周囲に三つの魔法陣が浮かび、そこから氷の槍《やり》が射出された。

射出された槍は突撃するスケルトンたちを貫き、砕き、破壊した。

五体いたスケルトンのうち、三体が死んだ。

その死を悼《いた》む暇もなく、三つの魔法陣が再度展開され、同じように三本の氷槍《ひょうそう》が射出された。そのうちの二本はスケルトンに、一本は僕に向かっている。

魔法陣の発生から攻撃を予期していた僕は簡単に回避したが、碌《ろく》な知能も与えられていないスケルトンたちは避けることができなかった。つまり、二体とも死亡した。

これが、こいつのメインの戦い方なのだろうか。

考えている間にも魔法陣が展開される。射出された氷槍を三つ回避する。

氷馬が嘶く。魔法陣が展開される。氷槍が射出される。
一、二、三、とステップを踏んで回避する。
氷槍の避け方もなんとなく分かってきた。だけど、これはきっと様子見だ。僕には相手のレベルが分かるが、相手には僕のレベルは見えていないだろう。つまり、相手は僕を警戒してこの行動を取っている。もしくは遊んでいるだけかもしれないが。

また氷槍が襲いくる。数は同じく三つだ。様子見にしても氷槍を三つしか出せないのは確定と見ていいだろう。

「一、二、三……闇槍《ダークランス》」

攻撃を回避し、新しく覚えた魔法をぶっ放す。名前通り、闇球《ダークボール》の槍版みたいなものだ。コストは闇球《ダークボール》よりも高いが、威力も当然上だ。

発生した闇の槍を見た氷馬が嘶くと氷壁が現れ、闇槍《ダークランス》を防いだ。

闇槍《ダークランス》は氷壁にヒビを作って消えていった。

防がれたことは残念だけど……防ぐ価値のある攻撃ではあったってことかな。

つまり、あれを当て続ければいつかはあの馬を倒せるかもしれない。

「闇槍《ダークランス》」

槍を回避し、槍を放つ。

槍と槍の攻防、氷と闇が散る戦場。持久戦のようになってきたこの状況に僕は少しの希望を見出《みいだ》していたのだったが……その希望は淡く散った。

もう何度目かも分からない闇槍《ダークランス》を氷槍で相殺《そうさい》した馬が嗤った。嗤って、そして、僕に突撃した。

「闇腕《ダークアーム》ッ！！！」

闇の腕が馬の影から無数に生え出て、馬の足を掴んだ。

簡単に千切られた闇腕《ダークアーム》たちだったが、猛スピードから一瞬動きを止められた氷馬は完全にバランスを崩し、そのまま転倒した。

「闇槍《ダークランス》ッ！　闇槍《ダークランス》ッ！　闇槍《ダークランス》ッ！」

僕は慌てて闇槍《ダークランス》を乱射した。

一発だけでは軽くヒビを入れるだけだが……三発あれば崩壊寸前までなら持っていける。

三発の槍が直撃し、崩れそうになった氷壁に思い切りナイフを突き立てる。

バリィッ！　と音を立てて崩壊する氷壁の奥へと走り、階段を下りようとして……絶望した。

地下へと続く階段、その地下から氷で創られた騎士が列を成して上ってきたのだ。

階段から飛び退き、氷馬の方を振り返った。

そこには今までで最大のニヤケ面をした馬と、その両脇に控えた二体の氷騎士の姿があった。つまり、地下から現れた氷騎士もこのクソ馬が召喚したということだろう。

階段を上りきった氷騎士たちが僕を包囲する。氷馬はただそれを眺めている。

打開する手段は…………ない。

きっと、僕は頑張った方だろう。

迫りくる氷騎士、嗤う氷馬、枯渇した魔力。

そして、遂《つい》に……氷騎士の剣が僕の脳天に振り下ろされた。

「――――させません」

瞬間、氷騎士の剣は吹き飛び、続けて首も弾《はじ》け飛んだ。

思わず声の方に振り向いた僕の視界には、理解しがたい光景が広がっていた。

僕の影から黒いナニカが上半身を突き出していたのだ。

それは概《おおむ》ね人型で、その体は漆黒に染まっていた。体からは無数の棘《とげ》のようなものが飛び出し、右腕は大きな鎌《かま》のような形状になっている。完全に人外だが、僕には分かった。

彼女は……エトナだ。

「ありがとう、エトナ」

「………なんで」

呆然と尋ねるエトナの右腕は大鎌から只の腕に戻っていた。

「君の声……それと、色だよ」

「色……ですか?」

「うん、色だよ。君があの熊を倒した時の手と、同じ色だ」

あの時、エトナの手は真っ黒に染まっていた。深い闇のような漆黒だった。

「…………ネクロ、さん。私……」

「ストップだ、エトナ。取りあえずはあの馬だよ」

きっと、エトナはこの姿を見られたくなかったのだろう。

……まぁ、当然と言えば当然だ。全身真っ黒で右腕を大鎌のような異形に変えられる……人外、化け物だ。そんな恐ろしい姿を見られることを、エトナは恐れていたのだろう。僕は割と、好みな見た目なんだけどね。格好いい。

「そう、ですね。あの馬を、殺りましょう」

エトナは僕の影の中から完全に這《は》い出ると、もう一度右腕を大鎌に変形させた。

そして、完全に怯《おび》えきっている氷馬へと凄まじい速度で迫り、大鎌を振り下ろした。氷壁がエトナの前に現れたが、それは障害になることはなく簡単に切り裂かれ、馬の顔面に凄惨《せいさん》な傷跡が刻まれた。

「ヒヒィイイインッ！！！」

氷馬が震える足で壁際へと後退《あとずさ》りし、大声で泣き叫んだ。

「……もう、遅いです」

エトナの右腕の大鎌は、無抵抗の氷馬の首を残酷にも切り飛ばした。

《レベルが［18］に上昇しました》

《SP、APを［30］ずつ取得しました》

《『称号：Unique Killer』を取得しました》

脳内に、無機質な音声が響いた。そこまでレベルが上がらなかったのは戦闘貢献度が低いとかそんな理由だろう。なんにしても、素直に喜べないレベルアップだ。

「……ネクロ、さん」

震えた声でエトナが僕に語りかける。

「私が……怖い、ですよね」

「いや、別に？」

これは本当のことだ。正直、驚きはした。だが、恐怖はない。

ゲーム内でこれ以上の異形を何度も見てきたからだ。

「……でもッ！　私はネクロさんたちとは違う……魔物、なんです」

「知ってるよ」

全身真っ黒の体を変形させられる人間なんてどこにもいないだろう……多分。

「……そもそも、僕は魔物使い《モンスターテイマー》なんだ。そんな僕が、真っ黒なだけの君を怖がるわけがない」

まぁ、怖くないのはゲーム内だからだけどね。

「そ、そんなの嘘《うそ》に決まってますッ！」

「嘘じゃないよ。僕は君が怖くない」

これは、本当だ。

「だったら……だったらッ！　貴方を、試してあげます」

え、何？　戦闘だったら勝ち目ないんだけど。

「まぁ、直接戦闘じゃなければ大体なんでもいいよ」

「安心してください……貴方を試すのは『恐怖』です」

恐怖？　バッドステータスの一種だろうか。

「………後悔しても、遅いですから」

エトナが叫んだ瞬間、エトナの真っ黒な体……その顔に当たる部分が蠢《うごめ》き始め、それからすぐに人の姿の時と同じような青い瞳が二つだけ現れた。

その青い瞳に思わず僕が注視すると、ぞわぞわと悪寒が僕を襲った。

その感覚は時間が経つ毎《ごと》に増していき、常に大きな不安を感じ続けるような恐怖と、ブルブルと体を震え上がらせるような寒気となって僕の精神を揺さぶり続けた。

——膝《ひざ》を突き、恐怖に負けて叫びたい。

——この部屋を飛び出して、この寒気ごと全てを吐き出してしまいたい。

正直、こんなリアルな恐怖や寒気を再現できる現代のＶＲ技術には開いた口が塞《ふさ》がらない。この感覚が幻想のものだと分かっていても抑え切れない。

だけど、僕はそんな感情を抑え切って折れかけた膝を真っ直ぐと伸ばした。

そして、この恐怖の元凶であると思われる青い瞳にしっかりと目を合わせた。

「……ッ！　まだ、まだですッ！　私は、魔物だからッ！」

形成された青い瞳から何一つ人と変わらない、透明の涙を流した。

それと同時に、更に深い恐怖が僕へと伸《の》し掛かった。だけど、進んだ。

まるで実体を持ったように重い重圧となったその恐怖も、エトナの元へと向かう僕の足を止める理由にはならなかった。

「なんで、なんでッ！　なんで止まらないのッ?!　なんで……なんでッ!!」

「教えてあげるよ。エトナ」

激しい頭痛と吐き気、意識が朦朧《もうろう》とする。クソ、痛覚当たりの設定をオフにしとけば良かった。

「……僕が、君を仲間にするって決めたからだ」

二重三重にブレる視界の中で、可能な限りエトナを中心に定める。

「……そんなの…………嘘、ですよ」

「嘘じゃないよ、エトナ。魔物使い《モンスターテイマー》には自分の従魔を管理する責任がある。だから、泣いてる仲間がいるなんて僕のプライドが許さない」

もう、エトナは手の届く距離だ。

「だから、泣かないで」

エトナの漆黒の体を強く、優しく、抱きしめた。

「……ネクロ、さん。分かりました」

エトナが頷くと同時に、漆黒の肉体は徐々に色を取り戻していく。

やがて、エトナは魔獣の森《ビースト・ウッズ》で出会った頃と同じ、澄んだ黒い髪に深い蒼《あお》の瞳を持った少女の姿を取り戻した。

「……もう、泣きません。私は、独りじゃないから」

そう決意を口にした少女の顔には、綺麗《きれい》な笑みが浮かんでいた。

「…………契約しよう、エトナ」

深い沈黙を打ち破って僕は提案した。

「はい。ネクロさん」

了承を得た僕は、一つ頷いてエトナの手を握った。

「『我は汝《なんじ》が魂を認め、汝は我が魂を認める』」

エトナの手を通じてエトナの魔力が伝わってくる。

それと同時に僕の体から魔力が抜けていくことにも気付いた。

『我らは永きを共に生きる友であり、汝は親愛なる従者である』」
少しずつ、エトナの存在が近づいてくるのを感じる。
『故に契約せよ。我を守る盾となり、敵を貫く矛となることを』」
エトナの息を呑《の》む音が聞こえる。
『親愛の契約《ファミリア・コントラクト》』」
瞬間、握られたエトナの手に魔力が迸り、その手の甲には青く光る紋章が刻まれた。
それを確認した僕は、疲労、頭痛、吐き気……様々《さまざま》な理由から気絶した。

第三章　禁忌と使役

目が覚めると、そこはベッドの上。見慣れない木製の部屋の中だった。

辺りを見渡すと、リンゴをカットしているエトナの姿がある。どうやらここは宿屋のようだ。

「……あ、起きましたか。おはようございます」

「おはよう、エトナ」

ベッドから身を起こした僕に気付いたエトナに挨拶を返し、そのままベッドから降りた僕は、朝の日差しが差し込む窓の外側を眺めた。

窓の向こうには、見慣れた街の風景があった。ここはファスティアだ。

「お互い、色々話があります……よね？」

「うん。早速だけど、僕からでいい？」

エトナは切ったリンゴを皿に盛り、頷いた。

「まぁ、信じられないかもしれないけど……僕はこの世界の人間ではないんだ」

僕たちはプレイヤー、この世界の住人とは違う。

「……えっと、次元の旅人さん、ですか？」

いや、あれ？　もしかして、プレイヤーの存在ってＮＰＣに認知されてる？

「…………それって、プレイヤーのことで合ってる？」

「あ、はい。自分のことをそう名乗る方も多いそうですね」

これは、確定だね。

「因みに、次元の旅人っていつからいるの？」

「えっと、存在自体は昔から確認されていましたけど……実際に現れ始めたのは半年ほど前からですかね。その頃から、この街にたくさんの次元の旅人が現れるようになったそうです」

「……なるほどね」

完全に僕たちプレイヤーのことで間違いないね。

「あ、でも。その半年前に現れた人たちは、一ヶ月ほどで全員どこかに姿を消してしまいました」

半年前に現れ、一ヶ月ほどで姿を消した次元の旅人たち……βプレイヤーか。

「それから、その三ヶ月後くらいに半年前とは比べ物にならないほどのたくさんの次元の旅人たちが姿を現したそうです。その中には半年前の人たちの姿もあったとか」

なるほどね……。

「じゃあ、意外と次元の旅人っていうのはありふれた存在なんだね」

「いや、流石にありふれてはいないと思いますけど……まぁ、数は多いかもですね。特に、このファスティアでは」

全プレイヤーのスタート地点であるファスティアには異常なまでに人が、そしてプレイヤーが集まっている。ファスティアという街も、昔は大きさの割に余り人がいなかった設定らしいが、プレイヤーが出現し始めてからこの世界の住人も集まったそうだ。活気のある場所には人が集まるということだろう。

「まぁ、それでね。僕がこの世界で行動できる時間は限られているんだ。次元の旅人には、そういう制約がある、残念なことにね」

「……つまり、次元の旅人さんは早死にするってことですか？」

「いや、そういう意味じゃない。僕たちは睡眠時間がとても長いんだよ。しかも、一度眠ると起こされても起きない」

「えっと……つまり、次元の旅人さんは寝坊助《ねぼすけ》さんなんですね？」

なんか、すごく頭悪そうだね。

「……まぁ、そういうことかな。因みに、僕たちはこの長い眠りのことを『ログアウト』と呼ぶんだ。普通の睡眠とは分けてね」

「ろ、ろぐあうと……なんだか頭が痛くなりますね」

おばあちゃんかな？

「兎《と》に角、僕はこのログアウトの関係上、長くこの世界にはいられず、同時に長い間この世界にいない時がある」

その言葉は、エトナの顔を曇らせた。

「…………もしかして、一生会えなくなることも、あるんですか？」

確かに、僕がこのゲームを辞《や》めれば一生会えなくなるだろう。

「ないよ。あったとしても、僕たちのどちらかが死んだ時くらいだ」

「……信じていい、ですか？」

「勿論、僕は約束は守る男だからね」

数秒の沈黙の後、エトナは頷いた。

「……分かりました、ネクロさん。信じます」

良かった。従魔からの信頼がないテイマーなんてなんの価値もないからね。

「それで、僕からの話は終わりかな。次は君の話を聞きたい」

「はい。えっと、何から話せばいいんですかね……取りあえず、私の種族からですね。知っての通り、私は人間ではないです。今はステータスを見せる手段がないんですが……」

いや、僕にはその手段がある。

「僕は解析《スキャン》を持ってるからステータスを通常通りにしてくれたら見えるよ。今はなんか種族が人間になってるし、細工されてるみたいだけど」

「あ、それは私のスキルの影響ですね。ちょっと待ってください…………これでよし、解除しました！」

なるほど、やっぱりそういうスキルだったんだね。

「そのスキルって名前とかレベルとか、ステータスの表示を自由に弄《いじ》れるの？」

「はい。ありえないですけど、レベル1000とかの表示もできますよ」

「へぇ、便利だね。僕も欲しいな」

「うーん、これは特殊スキルなので無理じゃないですかね？」

そっか、それは残念だ。そんなことより……。

「解析《スキャン》」

種族は影を歩く者《シャッテン・ゲンガー》Lv．67、職業は影の暗殺者《シャドウ・アサシン》Lv．23。名前はエトナ・アーベント。ステータスは大体300前後で、どれも二桁しかない僕との格の違いが分かる。その中でもSTR《物理攻撃力》は412、

AGI《敏捷性》に至っては728とバグのような数値が表示されている。

因みにSPは70余っているようだ。ちゃんとプレイヤー以外にもSPはあるんだね。

スキルに関しては自動回復系スキルに加えて気配察知や遮断など斥候系の能力が多い印象だった。気配遮断はSLv.9、短剣術はSLv.8と職業の暗殺者らしく、マジで暗殺できそうなスキルが最も育っている。

また、称号の欄には『二つ名：影刃』、状態の欄には【従魔：ネクロ】と表記がある。

……さて、取りあえず異常な強さだってことは分かったね。

「どうでしたか？　ネクロさん」

「あぁ、うん。滅茶苦茶な強さだね。僕がこの世界で見た中では一番だよ」

まぁ、まだ僕はこの世界に来たばっかりなんだけど。

「ふふん、そうでしょうそうでしょう！　師匠に鍛えてもらった甲斐《かい》があるってものですよ！」

……師匠？

「エトナ、師匠なんているの？」

「はい。師匠は私の何倍も強いんですよ」

そう語るエトナの表情は誇らしげだった。その師匠とはなかなか親密な関係にあるのだろう。ぜひとも仲良くしておきたいね。というか、エトナの何倍も強い相手に敵対されたら僕のCOOライフが終わる。

「へぇ、その師匠にもいつか会いに行きたいね」

「勿論、構いませんよ。今でも週二くらいのペースで鍛えてもらってるので、会おうと思えばいつでも会いに行けますよ。修行以外でもちょくちょく顔を出してますしね」

あ、まだ鍛えては貰ってるんだね。

「そっか、それは良かったよ。結構仲がいいんだね」

「はい。そもそも、私がこの街に入れたのも師匠のお陰ですから」

「師匠のお陰？」

人の形をして街に入れば特に問題はなさそうだけどね。

「この国って、結構審査が厳しいんです。更に言うと、身分を証明する物を持っていないと審査が厳しくなるんですよ。その審査の中に魔道具による種族の検査というものがありまして……それをされると、いくらステータスを隠していても種族はバレてしまうんですよね」

なるほどね、ステータスを弄っていても問答無用で魔物だとバレちゃうわけだね。

「じゃあ、誰かの影に潜伏して行くのも駄目《だめ》なの？」

「その場合は門を通る瞬間に魔力を検知されてバレますね。体は隠せても、魔力を隠すことはできないので」

「だったら、どうやって門を通ったの？　どうあがいてもバレるようにしか思えないんだけど」

もう、僕の脳みそでは他の手段は思いつかないな。後は身分証明書の偽造くらいか。

「えっと……権力ですね」

……権力？

「師匠はS級冒険者っていう奴らしいです。S級以上の冒険者は連れも含めて様々な審査を免除できます。後は行列に並ぶ必要もないですね」

なるほど、Ｓ級冒険者は国からの信頼も厚いんだね。流石に審査もしないのはどうかと思うけど。

「てことは、師匠って人間？」

「いや、魔物です。ていうか、ドラゴンです」

あー、うん。

「……もう疲れたから、そこは突っ込まないでおくよ。それで、今は街の出入りができてるってことは身分証明書はもう作ったってことかな？」

「はい、家とかないので住民票とかはないですが、冒険者登録をしてギルドカードを作りましたよ」

……ギルドカード、僕も早く作らないとね。

「因みに、エトナのランクは何？」

「ふふん、私はＡ級冒険者ですよっ！」

胸を張って答えるエトナ。自慢したかったのだろう。

「Ａ級か、すごいね」

自慢しているということは、きっと『Ａ級』はすごいんだろう。だったら褒めてあげないとね。それも魔物使い《モンスターテイマー》の務《つと》めだ。

「いやいや、それほどでもないですよ？」

なんで疑問形？　もっと褒めろってことかな。

「うん、すごい。エトナは最高だよ。ところで、エトナの話はこれで終わりかな？」

「……まぁ、こんなところですかね」

何故かエトナは不服そうだ。

「うん、ありがとね。師匠にはいつか会いに行くよ」

「はい、ぜひお願いします」

さて、これで一段落かな。心が穏やかになった僕は自然に窓の外を眺めた。

燃える朝日が僕に活力を与える。うん、素晴らしい朝だ。VRMMO内でここまで完璧な朝日を創れるとはね。VRMMO内で一夜を過ごした甲斐があるというもの……ん？

……もしかして、だけどさ。

「エトナ、僕って昨日の夜にあそこから運ばれてきたんだよね」

「え？　はい、そうですよ？」

……やっぱり、そうか。つまり僕はゲーム内で一夜を過ごしてしまったわけか。

と言うか、こういうのって強制ログアウト的なのってないのかな？　ゲーム内で寝てしまうって色々問題がある気がするんだけど。実際僕は晩飯をすっぽかしたし。

そして、僕は今から朝ご飯を食べに行かなきゃいけないんだけど……。

「エトナ、二度寝していい？」

「ほぇ?!　もうぐっすり寝ましたよね？　また寝ちゃうんですか……？」

不安そうに首を傾《かし》げて尋ねたエトナ。

まぁ、こんなにすぐに寝てしまったら流石にエトナも寂しいかもしれない。

「うーん……じゃあ、二十分だけ寝ていい？」

二十分あればパンを食べて歯を磨いて顔を洗うくらいはできるだろう。

「二十分……ですか？」

「うん、たったの二十分だよ」

しばらく考え込むような素振りを見せたエトナだったが、結局は僕の言葉に頷いた。

「分かりました、でも、二十分だけですよ」

「勿論だよ。僕は約束は守る男なんだ」

きちんと約束したことを僕は破ったことがない、と、思う。多分。

「じゃあ、おやすみ。エトナ」

「はい、おやすみなさい」

宿屋のベッドの中、僕はログアウトを選択した。

◆

体が、少し怠《だる》い。きっとVRベッドの中で寝たからだろう。

VRベッドでの完全な睡眠は不可能だからね。

取りあえず朝食を摂《と》るとしよう。

僕の部屋のドアを開け、リビングへと向かう。

菓子パンをキッチンにある籠《かご》から取り出し、牛乳をコップに注ぐ。

夏だというのに設置されたままのコタツに入り、菓子パンの袋を開けた。

「あ、おはよー。お兄ちゃん」

「んぐっ……おはよう、実《みのる》」

口の中のパンを牛乳で流し込み、僕の妹……実に朝の挨拶を返した。

「お兄ちゃん、昨日の晩ご飯すっぽかしたよね？」

「うん。ちょっと、事情があってね」

まさかゲーム内で気絶するとは思わなかった。それも長時間。

「もぅ……食べないなら先に言ってよね」

「ごめん。実」

情けない話だが、僕のご飯は基本的に妹が作っている。

親はどうしたというと、休日以外は夜遅くにしか帰ってこない母はまだしも、海外によく飛んでいる父はまったくと言っていいほど帰ってこない。

共働きの両親だが、二人とも好きで自分の仕事をしているらしく、互いに辞める気はないそうだ。

「別にいいけど……今度からは気を付けてね」

「うん、勿論だよ」

なんとか妹の怒りを抑え切った僕は、もぐもぐと菓子パンを食べ始めた。

そして、妹がリビングを去ったのを確認してポケットからスマホを取り出す。

何をするかと言えば、取りあえずは連絡の確認。何か重要な連絡があるかもしれないからね。スマホ片手に食事とは行儀《ぎょうぎ》が悪いが、時間がないから仕方ないのだ。

……一通り確認したけど、安斎からのCOOの誘い以外はないみたいだね。まぁ、残念ながら安斎の誘いは断らせてもらおう。今日はエトナの相手をしないといけないからね。

さて、ごちそうさま。後は歯を磨いて顔を洗うだけだ。

シャカシャカ、と音を立てて歯を磨き、バシャバシャ、と音を立てて顔を洗う。

よし、やることは全部やったし……VRベッドに入って、ログインだ。

◆

ログインが完了し、僕はCOOの世界に入り込んだ。

「おはよう、エトナ」

「お、意外と早かったですね。十五分です」

……計ってたんだね。

「じゃあ、早速どこか冒険に行こうか。どこか行きたいところはある？」

「ん～、特にはないですけど……あ、昨日のダンジョンを完全制覇します？」

そういえば、昨日は攻略できず仕舞いだったね。

「いいね。今日の目標は『石畳の迷宮』の完全攻略にしよう」

それに、あそこは未だ誰も制覇できていない。ダンジョンの最初の踏破者になれるのは、気分がいいことだろう。

諸々《もろもろ》の準備を済ませた僕たちは、石畳の迷宮に向けて出発した。

◇

そこそこ長い距離を歩き、遂に『石畳の迷宮』に到着した。

因みに、エトナは僕の影の中に潜伏している。途中までは一緒に歩いていたのだが、途中で歩くのに飽きたとか疲れたとかなんとか。

「着いたよ、エトナ」

「うふふ、分かってますよ」

そう言うとエトナは、僕の影からヌルッと出現した。

……まぁ、許可はしてるんだけどさ、なんとなく嫌だよね。寄生されてるみたいで。

「じゃあ、行こうか」

「はい、行きましょう」

ボロボロの木の扉を開け、切り抜かれたような石の洞窟の中に侵入する

「まぁ、知ってるとは思うけど最初は雑魚しかいないから……僕の召喚したアンデッドたちにやらせるよ。ボス部屋に着くまでは雑談でもしてようか」

そう言って僕はスケルトンを一体ずつ召喚していく。同時に召喚することもできるのだが、そう

するとMPが無駄に嵩《かさ》んでしまうのだ。

「別にいいですけど……私がやった方が早いですよ？」

「いや、死霊術のスキルレベルを上げたいんだ。手は出さなくていいよ」

僕たちが話している間にも、召喚したスケルトンたちはダンジョンのスケルトンたちを倒していく……敵も味方もスケルトンだからややこしいね、これ。

敵との見分けが付かないスケルトンを召喚しながら奥へと進んでいく。エトナと話しながら歩いていると、心なしか前回よりも早く一層のボス部屋に到着した。

「あ、もう着いたね。前回よりも早かったかな」

「そうですか？　それより、ボスは私がやっていいですか？」

……意外と戦闘狂なのかな、エトナって。

「まぁ、ボスはいいよ。ダンジョン攻略が目的だから、サクッと行こう」

「本当ですか?!　じゃあ早速行きますね！」

いや、早くない？　まだ僕は準備してないよ？

だが、それを言葉に出す前にエトナはボス部屋に突っ込んでいった。

「ちょっと待って、エトナ。まだ準備してな………すごいね」

急いでボス部屋の中に入ると、そこには頭蓋骨を撥《は》ね飛ばされた重装備のスケルトンの姿があった。

《レベルが19に上昇しました》

《SP、APを［10］ずつ取得しました》

「あ、ネクロさん！　もう終わりましたよ！　サクッと行きましょー！」

「……うん、エトナ。戦闘開始の合図を僕が下した時以外は基本的に戦闘禁止ね。命の危険がある時とかは別だけど、やむを得ない理由がある時以外は基本禁止で」

嬉しそうに近づいてきたエトナの顔が固まる。彼女の笑顔は少しずつ悲しげな表情に歪んでいく。

「別に、エトナを責めているわけじゃないよ。先に言ってなかった僕が悪いから」

「すみません……」

エトナの青い瞳に涙が滲《にじ》んでいく。何かのトラウマを思い出させてしまったのかもしれない。

叱ったりするのはできるだけ控えるべきだろうか。

「大丈夫だよ、エトナ。やっちゃダメなこと、やった方がいいこと、そういうのはこれから覚えていくんだから」

そもそも、僕が本気で叱るのは三度目からだと決めている。加えて言うなら、本気で覚えようとした上で間違えてしまったのなら叱らないつもりだ。

「……怒ってないですか？」

……もう一つ加えて言うなら、僕は自分の従魔に怒らないと決めている。怒るのは自分の為で、叱るのは相手の為。これを履き違えるのは主として最も愚かなことだ。

「勿論だよ。魔物使い《モンスターテイマー》が自分の従魔に怒りの感情を向けるのは、最も愚かなことだからね」

それと、怒られない為に行動するっていう思考パターンを植え付けてしまうのは危険だ。恐怖から逃れる為に命令に従う魔物とその主の間に絆や信頼はない。

「……分かりました。ネクロさん」

頷くエトナの瞳には溢れんばかりの涙が溜まっていた。

本当に、何が琴線に触れたのかな。そういえば前にここに来た時もエトナは泣いていた。だけど、今度はダメだ。

「それと、エトナ。泣いちゃダメだよ」

僕は涙をインベントリから取り出した布で拭《ぬぐ》った。

「そう、ですね。約束、しましたから、ね」

僕はエトナが落ち着くまでの間、ゆっくりと過ごした。

◇

「あ、またボス部屋ですね。これで何体目でしょうか？」

エトナが落ち着きを取り戻し、探索を再開した僕たちは既に七体のフロアボスを討伐していた。

当然、七体ものフロアボスを倒した僕のレベルは27まで上がっている。ＡＰは１２０、ＳＰは２１０余っていたのだが、ＡＰはＩＮＴに60、ＭＰに40、ＨＰに20振った。ＳＰは土魔術を取得し、ＳＬｖ．５まで上げる為の１５０ＳＰを消費した。ＳＰは兎も角、ＡＰはすっからかんだ。

「これまでに七体倒してるから、八体目だね」

因みに、エトナをテイムした影響で魔物使い《モンスターテイマー》のレベルが6になってた。このお陰で同時召喚数が上がったり、従魔に対するバフとかを取得したんだけど……まぁ、今は関係ないかな。従魔はどうせ一人だし、エトナは強すぎてバフなんて最早《もはや》必要ないし。

「もう七体も倒してましたか……じゃあ、開けますね」

最初はボス部屋を見るなり単騎で突っ込んでいたエトナも、ボス部屋に侵入する際にはきちんと確認を取るようになった。成長である。

「うん、行こうか」

重厚なドアが開き、その先にある大きめの広間の中央に立派な金属製のガーゴイルが鎮座しているのが目に入った。そのガーゴイルを七体の石製のガーゴイルが守るように囲んでいた。

「あの真ん中の大きいのがボスかな。エトナはあいつを頼むよ」

「うふふ、私に全部任せてもいいんですよ？」

まぁ、それが一番楽なんだろうけど。

「それじゃあ僕自身の成長にはならないから。勿論、仲間の成長を一番に願ってはいるけどね」

「仕方ないですね。じゃあさっさとあのボスを片付けるとします」

そう言ってエトナは中央の金属製ガーゴイルに突っ込んでいった。まぁ、エトナなら万が一もないだろうし、僕は落ち着いて取り巻きを処理しようかな。

「行け、スケルトン」

石の槍を持ったスケルトンたちがエトナを狙おうとした取り巻きのガーゴイルたちに突っ込んで

いく。因みに、あの石槍は僕が新たに取得した土魔術で創った物だよ。

「闇球《ダークボール》……闇槍《ダーククランス》、闇槍《ダーククランス》、闇槍《ダーククランス》」

スケルトンが群がり身動きが取れない取り巻きのガーゴイルに向けて闇球《ダークボール》を放つ。ガーゴイルはなんとか身を捩《よじ》って回避し、闇球《ダークボール》は地面に衝突し、爆発し、そこらに闇をぶち撒《ま》けた。結果、ガーゴイルの視界は一瞬だけ闇に囚《とら》われる。その隙を狙ってそこそこ火力のある闇槍《ダーククランス》を三連続で射出した。

「ガァアアアアッッ!!」

怨嗟《えんさ》の声を上げて滅びていく取り巻きのガーゴイル。良かった、この程度の魔物なら僕の魔法でも通じるみたいだね。『称号：下克上』の影響もあるだろうけど。

「闇腕《ダークアーム》、闇槍《ダーククランス》、闇槍《ダーククランス》、闇槍《ダーククランス》」

次に狙いを定めたガーゴイルは闇球《ダークボール》当てるには少し距離が遠く、簡単に回避されてしまいそうだった為、今度は闇腕《ダークアーム》でガーゴイルの動きを完全に封じてから三連撃で倒した。このやり方は少しMP消費が多くなるけど、確実ではある。

こうして僕は安定したやり方でガーゴイルを狩り続けた。

「エトナ、終わったよ」

「私も終わりましたよ！　あ、レベルは上がりましたか？」

どうやらエトナもボスを倒したところだったらしい。

「うん、レベルは29になったよ」

加えて『称号：石畳の迷宮の踏破者』と『称号：ダンジョンハンター』も取得した。

効果はＡＰ、ＳＰ＋１５０ずつと、ダンジョンモンスターから得られる経験値が１．５倍らしい。

「お、もう30ですね……じゃあ、行きましょうか」

「いや、もうクリアしたんじゃないの？」

行きましょうか、と言ったエトナの姿は来た道とは真反対の壁に向けられていた。

「いえ、あそこの壁の向こうに道が続いています。その先に何があるかは知りませんけど……ね？」

エトナは一瞬で壁を破壊し、その先にある道を確認すると、ドヤ顔で僕に振り向いた。ちょっとだけ僕はイラッとした。

「本当だね……じゃあ、行こうか」

エトナと共に破壊された壁の奥へと進んでいく。その先には動かないゴーレムやガーゴイルが点在し、書類が散らばった研究所のような空間に辿り着いた。

「エトナ、ここは一体……」

「うーん、私にも分かりません。ゴーレムとかの研究をしてるのはなんとなく分かりますけど」

だが、この異様な空間の中でも最も異様な存在は部屋の中央に立っている少女だ。暗い橙色《だいだい》の髪を持ち、瞼《まぶた》を閉じて微動だにしない。

「……ねぇ、もしかしてだけど、あの女の子もゴーレム？」

「はい、多分その一種ですね。ホムンクルスとかいう奴じゃないでしょうか？　私も実物を見たのは初めてなので、詳しくは分かりませんけど」

「……取りあえず、色々調べてみよう」

僕が情報を収集の為に床に落ちている書類に手を伸ばしたその時、研究所の奥にある扉が開いた。

扉から現れた者たちは黒いローブに身を包み、フードで顔を隠し、片手に持った杖《つえ》を僕らに向けていた。黒いローブの集団の奥にはフードを被《かぶ》っていない年老いた白髪の男が偉そうに構えている。

何者かは知らないけど、いい雰囲気ではないことは確かだ。

「エトナ、多分敵だ」

「間違いなく敵ですね。あの人たち、殺意ビンビンですよ」

僕らも武器を構え、いつでも戦える態勢を整えた。

そんな僕らに白髪の男が語りかける。

「……貴様《きさま》ら、どうやって蒼き獣を降《くだ》した？　どうやってここを見つけた？　蒼き獣は並大抵の人間が勝てる強さではないはずだ。それにここは只の『石畳の迷宮』として世間一般では旨味《うまみ》のないダンジョンとして知られている。アレを倒せるほどの強者が来るはずもない」

蒼き獣……一層にいたあのユニークモンスターの馬のことかな。

「青い馬のことなら普通に倒したよ。それと、ここを攻略したのは別になんの意図もないよ。ただ単純に攻略したかっただけだよ。僕は冒険者だからね」

「………………要はここを見つけたのは偶然ということか。到底信じられる話ではないな。大方、何処《どこ》その組織に頼まれて我らを滅ぼしに来たんだろうが……無駄だ。返り討ちにしてやろう」

言い終わると男は、他の黒ローブよりも一際大きな杖を掲げて何かを詠唱した。

「……目覚めろ、エメト。滅ぼし尽くせ」

男の言葉と同時に、部屋の中央に立っていたホムンクルスの少女の瞼が開き、綺麗な琥珀《こはく》色の瞳が僕を見つめた。

「……ッ！　ネクロさん、マズいですッ！　あのホムンクルス、とっても強いですッ！」

それはマズいね。エトナから見て『とっても強い』ってことは僕じゃ到底敵《かな》わないってことだ。

「エトナ、一人で勝てそう？」

「はい、恐らく勝てます。でもネクロさんを守りながらだと苦しいですね……来ますッ！」

僕を目掛けて突っ込んできた少女にエトナが立ちはだかる。

少女はエトナに行く手を阻まれると、立ち止まって口を開いた。

「……申し訳ないですが、排除します」

『申し訳ないですが』……？　彼女自身の意思では僕たちを攻撃したくないってことだろうか。にしても、ゴーレムなのに自我があるなんて……ホムンクルスはすごいね。

「無駄口を叩くな。さっさと殺せ」

白髪の言葉と同時にエメトは金属製の剣を魔法で創り出し、それを持ってエトナに斬りかかった。

「甘いですねッ！」

だが、エトナは軽く身を捩るだけでそれを回避する。更にそこから手を地面に突くと、少女の足元から鋭い闇の刃が出現……しない。

「なるほど、地面が金属に……やりますね」

言われて見ると、少女の足元は鉄のような金属で覆われていた。土魔術とかだろうか。

「……ッフ、当然だ。エメトには様々な戦闘パターンを記憶させている。手を地面に突いて発動する魔法など、地面を起点とするものしかない。大地の精霊の力を持つエメトに地面を起点とする攻撃など効かぬものと思え」

「だったら、これでッ!!」

エトナの腕が漆黒に染まり、長く鋭い刃に形を変えた。

「ほぅ、貴様……人間ではなかったか。化け物め」

「ッ！　貴方なんかに言われても、なんとも思いません!!」

漆黒の刃がエメトを何度も斬りつけるが、剣で往《い》なされ、隆起する地面に防がれと、ギリギリで凌《しの》がれ続けている。

この戦闘に介入するのは厳しいね。邪魔になるだけだ。

「……だけど、強化魔法くらいなら」

今の僕にできるのは職業スキル【魔物使い《モンスターテイマー》】……通称、従魔術による強化だけだ。先ずは、速度強化。

「『我が従魔よ、我らが為に風となれ。速度強化《スピードブースト》』」

エトナの体が一瞬だけ緑色に輝き、速度がわずかに上昇したように見える。

「『我が従魔よ、我らが為に剣となれ。攻撃力上昇《アタックブースト》』」

エトナの体が赤く輝く。見た目では分からないが、攻撃力がわずかに上昇したはずだ。

「『我が従魔よ、我らが為に盾となれ。防御力上昇《ディフェンスブースト》』」

今度は青色に輝いた。これも見た目では分からないが、文字通りの防御バフだ。

「……貴様、何やら小賢《こざか》しいことをしているな？　エメトのデータを取れるいい機会だと思ったが……観察は他の者に任せるとしよう」

男は周りにいた黒いローブの者たちに何かを伝えると、真っ直ぐ僕の方に歩いてきた。

「……しかし、そうか。先ほどの強化魔術で分かったぞ。片や強力な魔物、片や無力な人間、妙な組み合わせだとは思ったが……魔物使いだったか」

まぁ、その強化魔術は誤差程度でしかないけどね。

「正解、僕は魔物使いだよ」

僕は腕を大きく開いて答えた。エトナの言葉を信じるなら、エメトには勝てるはずだ。だったら僕は時間を稼いでエトナを待つしかない。

「やはりそうか。だが、貴様に何ができる？　同じ人間であるこの私にならば勝てるとでも思っているのか？」

「さぁね。でも、やってみなきゃ分からない……まぁ、少なくとも、土の中に籠《こも》って出てこないモグラくらいなら倒せると思うけどね」

まぁ、僕自身は実際そこまで強くないし負けると思うけど。

「……そうか、随分と生意気な口を叩くんだな？　小僧ッ！」

顔を真っ赤にした白髪の男が叫んだ。やっぱり歳《とし》を取ると怒りっぽくなるのかな。

「エメトッ!!　さっさとその娘を殺せッ！　この小僧を二人掛かりで嬲《なぶ》り殺してやる為になァ!!」

その声を聞いたエメトは苦々《にがにが》しい表情をした後に少しだけ動きが速くなる。さっきまでは本気じゃなかったってことか？　だったら、ある程度は抵抗ができる？

「ねぇ、あの娘《こ》。完璧に支配できてるわけじゃないよね？」

「……なんだと？」

少し顔色が元に戻っている白髪に尋ねた。

「いや、だってさ。完璧に支配できてたら最初の『滅ぼし尽くせ』で僕たちを殺しに来てたはずだよ。それも、今みたいな本気で」

こちらを気にしているせいか、少し押され始めているエトナを見て言った。

「……今は本気で殺しに掛かっているだろうが。これが完璧な支配の証拠だ」

「いや、違う。多分、命令による強制の度合いは言葉に込められた感情の強さで決まるんじゃないかな」

最初の『滅ぼし尽くせ』には大した感情も籠っていなかった。次の『さっさと殺せ』には多少の苛立《いらだ》ちが籠っていた。そして、最後の命令には強い怒りの感情が籠っていた。

「……確かにそうだ。お前の言う通りだ、小僧。エメトは極限まで人に似せ、知能を高めることで自身の判断で最良の選択を可能にしたホムンクルスだ。だが、エメトは理性を持つと同時に感情を持ってしまった。これが命令を無視しようとする原因だろう……だが、それがどうした。結局のところ命令を最後まで無視はできない。私の声を聞けば命令を聞く他ないのだッ!!」

「そうだね。君の声を聞けば、結局命令に背くことはできない。その通りだ」

僕のSPは余っていた60と2レベル分の20、称号による150で230ある。そして、僕はそのうちの210SPを消費し、とあるスキルを取得した。

「……終わりだ、小僧。エメトは直にあの小娘を殺すだろう。だが、その前に貴様の腕くらいは捥《も》いでや――――」

僕に指先を向けた白髪の声が途中で掻《か》き消える。

「――――ッ! ――――ッ!!」

何か言ってるようだけど、僕には何も聞こえない。それはきっと、彼にとっても同じだろう。

「何言ってるか分からないね。もっと大きな声で喋《しゃべ》ってよ、モグラさん」

「――――ッ!!　――――ッ！！！」

まぁ、声の大きさなんて関係なく音は聞こえなくなる。それが【音魔術】の取得によって得られるこのスキル、消音《ミュート》の正体だ。但《ただ》し、音が聞こえないだけであって、魔法とかは問題なく発動する。

だから、そんなにゆったりとしている暇はない。

「あー、聞こえないんだけど、なんとなく言ってること分かる気がするな」

「――――ッ?!　――――ッ！　――――ッ!!」

まぁ、分かるわけないんだけど。

「あ、分かったよ。こう言ってるんだねッ！」

『エメト、今すぐ攻撃を停止しろッ!!』

白髪の男はそう叫んだ。

「――――ッ?!　――――ッ!?」

「ッ?!　こ、攻撃を停止します」

「ど、どういうことですか?!」

白髪、エメト、エトナ、黒ローブたち。漏れなく全員混乱している。

『どういうことだと思う？』

僕の口から発せられたのは白髪の声だ。

「え?!　ネクロさん?!　ネクロさんだけど、ネクロさんじゃない？」

なんか、頭の弱そうなこと言ってる子がいるけど、取りあえず無視しよう。

「これが合計210SPもはたいて取得した音魔術の第二の力、創音《サウンド》だ」

「音魔術だと……？」

黒ローブたちから初めて言葉が聞こえる。

「文字通り、音を操る魔術だよ。まぁ、例えばこういうこともできる」

そう言って僕がパン、と手を叩くと黒ローブたちのいる場所から耳を塞ぎたくなるほどの大きさの破裂音が響いた。

「ぐぁあああッ!!　なんだこれはッ!?」

「う、うるさいですッ!!」

音の中心地にいた黒ローブたちは勿論、近くにいたエトナやエメトも耳を塞いでいる。

「まぁ、こういう魔術だよ。分かったでしょ？　それと、こういうこともできるよ」

そう言うと、僕は意味もなく指を鳴らした。

『エメトッ！　お前に対する命令権を全て破棄するッ!!』

膝を突き、項垂《うなだ》れていた白髪のだらしなく開いた口から、その様子に相応《ふさわ》しくない大声が発せられた。

「あははっ、面白いよね、これ。僕も結構気に入ったよ。主に悪戯《いたずら》用にね」

「ネクロさん。その悪戯の矛先、私じゃないですよね？」

ジト目で僕を睨むエトナを無視し、エメトに向き直る。

「ということで、君は自由になったわけだけど……これからどうする？」

「どう、する……分かりません。私は命令を受けて行動したことしかありません」

まぁ、予想はしてた。

「だったら、僕たちと一緒に来ない？　まぁ多分、そこそこ楽しいよ。それに、嫌になったらいつでも言っていいから」

僕の言葉に悩むエメト。だが、数秒間俯《うつむ》いて後、決心したような表情で顔を上げて口を開いた。

「ふ、ふざけるな小僧ッ！！！　我がエメトを奪うだと⁈　調子に乗るなッ‼」

いつの間にか消音《ミュート》の効果が切れ、立ち直っていた白髪が指先を僕に突きつけた。

「エメトの手など借りずとも、私の手でお前を殺してやるッ‼」

白髪から詠唱と共に放たれる風の刃。三つに分かれたそれは、鋭く、速い。

「……エトナ」

「はいッ‼」

射出された銃弾のような勢いで飛び出したエトナは、僕の目では追えない速度で風の刃に迫り、その腕を漆黒の刃に変えて打ち消した。

「ば、馬鹿《ばか》なッ⁉　いくらなんでも速すぎるッ‼」

確かに、エメトと戦っている時もここまでの速度はなかった。もしかすると、ホムンクルスの少女に同情し、無意識に手加減していたのかもしれない。

「さよならです」

表情を驚愕《きょうがく》に染めた白髪の首を、無慈悲な黒刃が刈り取った。

「……グロ注意だね、これは」

仮想世界と分かっていても、結構えげつない光景だった。現実なら確実に吐いてる自信がある。

「エトナ、こいつらって逮捕できるのかな？」

「え？　はい。ホムンクルスの創造は禁忌なので、重罪ですね。この資料の山を証拠に捕まえられると思いますよ」

……だったら、あの白髪殺さなくてよかったのに。

無意味な後悔が胸に募るが、それを振り払い心をできるだけ無に近づけた。

「おっけー、だったらそいつらは捕まえて国に突き出そう」

「了解です、ネクロさん」

エトナは僕に微笑みかけた後、黒ローブたちに振り向いた。

「抵抗したら躊躇なく殺すので、よろしくお願いします」

右腕が刃になったまま言うエトナに怖気付《おじけ》いたのか、黒ローブたちは顔を青く染めて何度も頷いた。

「よし、こいつらはこれで一件落着かな。それで、エメト。どうするの？」

「……はい、付いていきます。私のやりたいことが、見つかるまで」

その答えに、僕は思わず笑みをこぼした。

「良かった。それじゃあ契約しようか」

「……契約ですか？」

首を傾げるエメトに僕は頷いた。

「うん、契約だ。僕は魔物使い《モンスターテイマー》だからね。勿論、契約の内容は話し合って決めるから、安心して欲しい」

　エトナと交わした親愛の契約《ファミリア・コントラクト》のような契約は結構特殊なタイプで、契約内容を決められないが、普通の契約は細かに契約内容を決めることができる。

「いえ、そうではなくて……私は既に所有者がいるので、新たに契約はできないと思います」

　……まじ？

「それってもしかして、あいつら？」

「はい、ここの者たちは全員、私の所有者として登録されています。命令権は先ほど放棄されたのでありませんが、所有者としての登録は解消されていません」

　それなら、話が早いね。

「ねぇ、君たち。登録の解消、できるよね？」

　僕は微笑んで問いかけた。しかし、彼らは青い顔をしてブルブルと震えている。

「……もしかして、できない？」

「は、はい。我々《われわれ》のリーダーであるクラジェア様なら可能でしたが、もう、既にお亡くなりに……」

　そう言って黒ローブの一人が指差した先には、首から上がない男の姿があった。

　あいつ、やっぱり殺さない方が良かったじゃん……、良かったじゃん……ッ！

「そっか、分かったよ。……あれ、これって、君たちを殺せばいけるやつ？」

　天才的閃《ひらめ》きに思わず自分の手を叩くが、それを止める声が一つ。

「お、お待ちくださいッ！　そのようなことをせずとも、魔物使い《モンスターテイマー》は名前を書き換えることで契約を上書きする術があったはずですッ!!」

契約を上書き……あ、これか。

『新生の契約《ネーミング・コントラクト》』

「そう、それですッ！　多分！」

必死に頷く黒ローブを見て、確信を持つ。

「じゃあ、契約内容を決めようか」

「はい、お願いします」

お願いします……？

「取りあえず、契約の更新は月に一回、生殺与奪に関わる命令の禁止とかでいいかな？」

「はい、問題ありません」

……まぁ、いいけどさ。

「後は性的な命令の禁止とか、契約期間を過ぎても続くような命令の禁止とか」

「はい、問題ありません」

「うーん、僕はこのくらいしか思いつかないけど、他にあるかな？」

「いえ、特にありません」

いや、いいんだけど、いいんだけどさぁ……。

「……そんな雑に決めていいの？　まぁ、僕は別にいいんだけど……じゃあ、早速始めようか」

そうして僕が詠唱を見直し始めた時。

「ネクロさん」

と、邪魔が入った。

「どうした。エトナ？」

「名前はどうするんですか？」

……考えてなかった。

「エメト、だから……メトとかでいいかな」

あんまり大きく変えるのも違和感あるし。

完璧だ、と思いエメトたちの表情を窺《うかが》うと、すごく微妙な表情をしていた。

「ネクロさん……雑です……雑ネクロさんです……」

……雑ネクロってなんだよ。

第四章　冒険者ギルド

結局、エメトの名前は『メト』に決定した。

そして、使い続けた闇魔術のスキルレベルは4に、死霊術は3まで上がり、僕の魔物使い《モンスターテイマー》のレベルは9になっている。メトをテイムした影響だろう。しかし、これによって得られたスキルは基本使わないバフと、まったく活《い》かせていない同時召喚数が上がっただけである。つまり、ほとんど無意味。

「にしても、あの人たち結構いいお金になりましたね。実は善い人かもしれません」

そして、あの怪しい集団を騎士団に通報した僕たちはそこそこの謝礼金を受け取った。これが依頼であったならば10倍は貰えたらしい。

そして、特に目標もない僕らは、街でギルドカードを貰う為に冒険者ギルドに向かっている。

「いいお金になったのは事実だけど、善い人ではないと思うよ」

「うーん、よく考えればそうかもしれないです。何か気持ち悪いですし」

善い人かどうかの判断基準を気持ち悪さに置いているアホの子はさておいて、さっきから何も喋らず目線も合わせない美少女、ホムンクルスのメトだ。

「あの、メトさんも、一緒にお話しませんか？」

「……何を喋ればいいのか、分かりません」

メトはそう言って目を伏せた。

「取りあえず、考えたことをそのまま言ってみればいいんじゃない？」

言っちゃいけないようなことは後から修正していけばいい。少なくとも、何も喋らないよりはマシである。

「なるほど。例えば、どのように……？」

「うーん、そうだね。エトナがあいつらを善い人とか言ってた時、どう思った？」

「……何を言ってるんだ、この馬鹿は。と、そう思いました」

「あの、メトさん？」

うん、結構な毒舌だね？

「………まぁ、うん。それを口に出せばいいんだよ」

「分かりました。……エトナさん」

僕の方からエトナに振り向いたメトは、何か決意をしたような表情で口を開いた。

「何を言ってるんだ、この馬鹿は」

「ネクロさぁぁぁぁんッ!!　こうなるのが分かっててやりましたよね?!」

そうだ、アホみたいに叫んでいるエトナを見て思い出した。早速だけど音魔術の実験をしてみようかな。

『エトナさん、うるさいです。黙ってください』

「メトさん?!　いや違うッ！　ネクロさんですねッ!?」

もう、エトナはうるさいなあ。街の中なんだからもう少し静かにして欲しいところだ。

「エトナさん、うるさいです。黙ってください」

「またネクロさん……じゃないッ⁉　本人ですッ⁉」

騒ぎ散らすエトナに通り過ぎる人は怪訝そうな目を向けていたが、隣にいるメトは少しだけ口角を上げ、楽しそうに笑っていた。

◇

というわけで、やって来ました。冒険者ギルド。

かなり大きい二階建ての建物の中に入ると、そこは開けた空間で、入ってすぐの場所には無造作に依頼用紙が貼られており、軽い人だかりができていた。

そして、入り口から真っ直ぐ行った場所には受付があり、一番右の列には普通の服を着た一般市民が、それ以外には鎧を着込んだり武器を持ったりしている冒険者たちが並んでいた。

恐らく、一番右は依頼をする専用の窓口なのだろう。

「すごいね、結構大きい」

「ふふん。でしょう？　この街の冒険者ギルドは他の街よりも立派なんですよ」

ふーん、僕たち《プレイヤー》が来る前から活気がある街だったんだね。

初めての冒険者ギルドに、ワクワクした気持ちで受付へと向かうと、ヒソヒソと何か噂するような声が聞こえてきた。

「……おい、あれ『影刃』だろ？　隣歩いてる奴誰だ？」

「いや、見たことねえな。しかも立ち位置から見ると、あの男が中心になるぞ？」

更には、プレイヤーらしき者たちの声も聞こえる。

「ねぇ、エイマー。あいつ、プレイヤーよ……ネクロ？　聞いたことある？」

「ないな、レミエ。そもそも、俺より長くやってるお前が知らんなら俺も知らん」

なるほどね。A級冒険者として有名なエトナの隣にいる僕たちは誰だ？　って話ね。

「うふふ、噂されてますよ。ネクロさん」

「僕はあんまりいい気分でもないんだけど、君は楽しそうだね」

「いいじゃないですか。あいつは何者だ？　A級冒険者様の隣を歩くなんて、只者じゃないな？　みたいな感じですよ？　めっちゃいいじゃないですかっ！　羨《うらや》ましいです！」

何が羨ましいのかまったく分かんないんだけど。取りあえず受付へと向かおう。

「そして、数多《あまた》の視線を受けても堂々《どうどう》と歩くネクロさんに突っかかる荒くれ者が来て、こう言うんですよ」

そんなの来るわけないだろ。と反論しようとした瞬間、ギルドの入り口から真っ直ぐと僕たちの方に向かってくるスキンヘッドの男を見つけた。見つけてしまった。

「「おい、クソガキッ！」」

自信満々に溜めて言ったエトナと、スキンヘッドの男の言葉が重なる。気まずい。

「……エトナ。女の子なんだから下品な言葉はあんまり使わないようにね」

「あ、はい。すみません……でも、ほら！　やっぱり来たじゃないですか！　一言一句同じでしたよ!?」

別に、そんな奇跡何も嬉しくないんだけど。

「……おい、そっちのガキ。てめえもあんまり調子に乗るんじゃねえぞ。……それとそこのヒョロイの。ここはお前みたいなのが女連れて来る場所じゃねえ。帰ってママのミルクでも飲んでな！」

「うわ、その見た目でママとかミルクとかいう言葉を発して欲しくないなぁ」

ていうか、このハゲの人、エトナを知らないのかな？

「……あいつ、もしかして『影刃』を知らないのか？」

「そうかもしれん。あのハゲ男、ここいらでは見たこともないぞ。恐らく余所者《よそもの》だろうな」

「うわぁ、マジかよ。ご愁傷様って感じだな」

「ああ、だな」

周りでも、ヒソヒソとあのハゲ男の身を案じるような声が聞こえる。だが、頭に血が上っているあの男は気付いていない。

「ねぇ、君。もしかしてだけどさ、エトナを知らないの？」

「あ？　誰だよ。この女のことか？　だったら知らねえな」

「だったら、大事になる前に教えてあげるよ。この娘は、A級冒険者の『影刃』だ。正直、君とか僕とかが敵う相手じゃない」

「ふふん、そうですよ！　私はこの街でも一、二を争うほどの最強冒険者なのです!!　ひれ伏すがよいわ下民がッ!!」

エトナ、品がないよ。

「……はッ、ハハッ！　ハハハハッ！！！　おい、聞いたかよお前らッ!!　こんな細い女がA級冒険者様だとよォ！　最近のガキは冗談が面白えなァ!!」

周囲の冷ややかな反応にも気付かず、男は笑い続ける。

「だがよォ、冗談を言っていい相手ってのを間違ってんじゃねえのかッ!!」

そう言ってエトナに殴りかかろうとした男だが、その拳はエトナには届かず中空に留まった。

「対象の敵対行動を確認しました。速やかに排除します」

男の拳を片手で止めた人物、それはメトだった。

慌ててメトの手を振り払い、男は腰に差していた剣を抜いた。

「お、おい。クソアマ、近づくんじゃねッ⁈」

だが、立派に輝くその剣は、メトの蹴りによって一撃で破壊された。

そして、メトの攻撃はそれだけでは終わらず、右手を固く握り、それを男の顔面に向かって――

――、

「メト、ストップだ」

直前で停止した。

「了解しました。しかし、何故ですか？　彼は敵対者です。速やかに排除すべきだと思いますが」

あー、あいつらがメトを殺人の道具として利用する為の教育なのかな、これは。

「確かにあのハゲは敵だけど、ここで殺したら周りの人に迷惑がかかるよね？　そうなると、今度は周りの人も敵になっちゃう。もしその人たちを倒しても、今度はその人たちの仲間が敵になるよね？　そうなると、僕らがすごく損をする。だから、殺人は本当に必要な時しか駄目だ」

「……了解しました。今後は気を付けます」

「うん、ありがとね。メト」

そう言うと僕は、尻餅をついて地面にへたり込んでいるハゲの方を向いた。

「ねぇ、面倒臭いからさ、今度からはこんなことしないでね？」

「は、はいッ!!　わ、分かりやしたァ!!」

彼は僕に何度も頷くと、怯えたようにギルドを出ていった。

「よし、それじゃあ行こうか」

「は、はい！　いい感じにお決まりの展開を突破できたと思います!!」

いや、お決まりって何？　もしかしてこれ確定で発生するイベントなの？

「不思議そうな顔をしていますね？　いいでしょういいでしょう！　説明してあげましょう！　これはですね、古くから伝わる『アルン・ゼルド英雄譚《えいゆうたん》』で初めて登場した――」

やばい、興味がない。

「あー……メト、代わりに聞いてあげて？」

「……マスター？」

「……ネクロさん？」

面倒になった僕は、エトナをメトに押し付けた。

ていうか、『マスター』なんだね、呼び方。この街中で呼ばれるのはちょっとキツいから矯正しておこう。

「メト、マスター以外の呼び名でお願い」

「以外、ですか……では、ご主人様と」

「………それ以外で」

「以外、ですか。では、飼い――」

馬鹿野郎。

「ストップッ！　メト、ストップだ。ごめん、どうやら僕が悪かったみたいだね。うん、マスターでいいよ」

流石に飼い主はマズい。語弊どころの話じゃない。最悪逮捕まである。

「そうですか？　私は飼い主さ――」

「ストップッ！　シットッ！　シャラップッ！　……マスターで。うん、マスターがいいな！　僕はマスターがいいよ。とても気に入った、マスター。うん、いいね。マスターいいね！」

やばい。メト、強敵だ。この僕が軽くキャラ崩壊する程度には強敵だ。

「……お客様、後ろが支《つか》えております」

聞こえてきた鋭い声の方を見ると、そこには冷ややかな目で僕を睨む受付嬢《うけつけじょう》の姿があった。一部の人には需要がありそうな感じの視線だ。

「うん、ごめんね。後ろのみんなもごめん。……それで、ギルドカードを作って欲しいんだけど？　お金いる？」

「………まぁ、いいですが。ギルドにご登録ということでしたら、500サクになります」

「えーっと、500サクね。はい」

僕は大きめの黄色い硬貨を一つ差し出した。どちらも日本のお金に似ている。これはイメージして作ったのだろうか。

「ねぇ、このお金っていつからあるの？」

「え？　えーと、こちらの硬貨は千年以上前の硬貨と言われております。何やら、元は次元の旅人が建国した国の硬貨らしいです」

あー、なるほどね。その大昔に転移した日本人が広めたって設定なのかな？

「ありがとね。それで、できたかな？」

「いえ、あと少しです。……では、こちらに血を一滴お願いします」

血、か。そういえば、僕の体って血が出るのだろうか？　少し不安だったが、もし出ないならば今頃ネットで話題になっているはずなので大丈夫だろう。

「……はい、どうぞ」

僕は短剣で自分の指先を軽く突いた。痛い。

「ありがとうございます。これでギルドのご登録及び、ギルドカードの作製は完了になります。お疲れ様でした」

「うん、ありがとう。じゃあ、行こうかエトナ、メト」

暇そうにボーッとしていた二人に声を掛け、僕たちはギルドを出た。

◇

現在、僕らはネン湿原を抜けた先にある平原でレベルを上げている。そこそこ時間をかけた甲斐はあり、レベルは33まで上がった。

この平原に名前はなく、一応ネン湿原の一部という扱いらしいが、スライムはほとんどいない。それどころかさっきからレッサーオーガやらオークやら、ちょっと手強《てごわ》い敵ばかりだ。

それと、メトは大地の精霊核？　みたいなのをコアとしているらしく、地面の土とかを動かしたり、それを石や金属に変換できるらしい。ただ、今のところその能力を必要とするほどの敵はいないが。

「それにしても、ここら辺の魔物は手強いね。平原って言ったらあんまり強い魔物がいなそうなイメージがあるんだけど」

手強い、というのはあくまで僕にとっての話だ。彼女たちからすれば余裕も余裕だろう。

「んー、この平原には強いボスがいますからね。強いボスがいる場所は周りのモンスターも強くなる傾向があるらしいですから、そんなにおかしいことでもないと思いますよ」

ふーん、それじゃあ魔獣の森《ビースト・ウッズ》とかにはすごく強いボスがいるってことだろうね。

「魔獣の森《ビースト・ウッズ》のボスってどんな奴なの？　相当強そうだけど」

「いや、あそこのボスはまだ分かってないですね。でも、結構強いと思いますよ」

あ、そういえば安斎が言ってた気がする。未確認とかなんとか。

「じゃあ、アボン荒野は？」

「あそこは……確か、ゴブリンキングとかだったと思います」

「あー、ゴブリン多いらしいからね。まぁ、順当なのかな」

ゴブリンキングかぁ……単体の強さは想像できないけど、多分巣の中から出てこないだろうから他のゴブリンも相手にしなきゃいけない、と。厄介なボスだね。

「そういえば、ボスに影響されて周りの敵も強くなるんだよね？」

「はい。それが一般的な説ですね」

「だったら、ボスを倒したらどうなるの？　みんな弱体化？」

「いえ、すぐに弱体化することはないと思います。ただ、ずっといなければ段々《だんだん》とそこら辺の種は弱くなっていくと思います」

そっか。だったらあんまり無闇に倒さない方がいいのかな。

「でも、ずっといなくなるなんてことはありえないですね。ボスが倒されても、しばらくしたら復活するので」

「なんだ、だったらあんまり気を使う必要はないね。……でも、どういう仕組みで復活するの？　魔王とかそんなのが手出ししてるとか？」

まぁ、エリアボスが死んだままだったら新規ユーザーが萎《な》えるよね。

そんなことを考えながらエトナの方を見たが、考え込んだまま返事はない。エトナにもその理由は分からないようだ。

「……それは違います。エリアボスというのはある程度の強さを持ったモンスターが半永久的に君臨し続けるという自然の仕組みでしかありません」

「自然の仕組み、ですか？　初めて聞きました」

「はい。例えばこのネン湿原では、スライム同士が融合し合って強力な個体が生まれます。先ほど話題に上がったアボン荒野では、ゴブリンたちの長としてゴブリンキングか、それに類する何かが君臨します。たとえゴブリンキングが滅ぼされても、ゴブリンたちの数がある程度残ればまたキングは発生するということです」

「なるほどね。その土地の環境が変わらない限り発生し続ける……文字通り自然現象ってことか」

「でも、だったらどうして強いスライムはもっと増えないんですか？　もっと合体してもっと強いスライムを増やせばいいじゃないですか」

「いえ、そうはなりません。ある程度の大きさまで成長したスライムは人並みの知能と自我を持ち、基本的には自分以上の存在が現れるのを嫌います」

確かに、あのスライムはなんか偉そうだった。自尊心が高いのだろう。

「そして、一つ補足すると……稀《まれ》にですが、エリアボスよりも強いモンスターが出ることがあります。その名はユニークモンスター、通常種が変異した個体である場合が多いです」

ユニークモンスター？　Unique？　確か、あのクソ馬もユニークだった気がする。

「ねぇ、エトナ。あの氷の馬ってユニークじゃないの？」

「氷の馬……私が一撃でぶっ殺した奴ですか？」

そう、君が一撃でぶっ殺した奴だ。

「あれ、ステータスにユニーク《Unique》って書いてあったよ」

「へー、そうだったんですか。それはすごい……です、ね？」

なんでそんな自信なさげ？

「うん、すごいんじゃないかな。だって、エリアボスより強いんだ。誇っていいよ」

「ふふん、じゃあ誇らせていただきます」

うん、勝手にしていいよ。

「それで、そのユニークモンスターとかで所在が分かってるのはいるの？」

「そうですね、生息エリアだけ分かっているのは結構いますが、一番有名なのは……そうですね、アースドラゴンでしょうか。確か、アボン荒野に生息しています」

「へぇ、竜なんだ。結構楽しみだね」

「え……あそこに行くんですか？　砂は服の中に入るし、地中から襲ってくる大きなミミズは気持ち悪いですし、無駄に統率のとれたゴブリンの集団は面倒臭いことこの上ないですよ？　そして極め付けは……」

「蠍、でしょ？」

これも安斎と話をした時に聞いたことだ。蠍が一番厄介らしい。

「あれ、知ってるんですか？　知った上で行きたいんですか？　一応言っておきますけど、あそこの土竜はアースドラゴンって言ってもほとんどドラゴンじゃないですからね」

……ほとんどドラゴンじゃない？

「見た目は完全に土竜《モグラ》です。やることも土竜です。飛びませんし、火も吐きませんし、翼もありません。竜並みにでかくて強いだけのモグラです。でも、下手な竜よりも厄介です。空を飛べない代わりに、地面に潜れますから。見えるだけ飛んでる方がマシですよ。地中に潜られたらどこにいるかも分からないので攻撃のしようがないんです。詰みです」

……うん。こんなに強いエトナが言うんだから間違いないだろう。アボン荒野はやめとこう。

「マスター、避けてくださいッ！」

珍しく声を荒らげたメトの言葉で振り向くと、そこには斧《おの》を振り被るオーガの姿があった。

「石壁《ストーンウォール》ッ!!」

「グォオォォッ!?」

咄嗟《とっさ》に生成した石の壁で、どうにかオーガの一撃を凌ぐことができた。突然現れた石壁《ストーンウォール》にオーガは呆《ほう》けている。石の壁は木っ端微塵《こっぱみじん》だが。

「致命の刃《クリティカル・エッジ》ッ!!」

赤く光るエトナの短剣が呆けたオーガの隙をつき、喉《のど》を突いた。

噴出する真っ赤な血の勢いが収まると、オーガは倒れ、経験値となった。

「オーガが一撃……流石です、エトナさん」

「ふふふ、そうでしょう？　一撃必殺には自信がありますよ？」

実は、この平原のオーガのことはネットで調べた時に知っていた。それが一目でオーガだと分かった理由でもある。

オーガは、レベルの割に結構手強いらしく、上級者のプレイヤーでもかなり苦戦するらしい。僕がテイムしたい候補の一つだったんだけど、残念ながら即死した。

「うん、エトナはすごいね」

だけど、従魔が倒すよりも本体の僕が倒した方が経験値は美味しいからちょっと自重して欲しいな、なんて。

「ふふん！　もっと私を褒めていいですよ、皆さん？　あ、でもネクロさんのレベル上げってことならあんまり私が倒しすぎるのも良くないですね！」

馬鹿な、エトナが自分で気付いただと？

「偉い、偉いよエトナ。とても偉い」

「え？　そんなにですか？　あはは、照れちゃうなー！　エトナ、照れちゃいますー！」

……うん、ちょっとウザくなってきたからこれくらいにしとこう。

「あ、そうだ。ちょっと試したいことがあるんだけどいいかな」

そう言って僕は余っているSPの40を使い、死霊術のスキルレベルを4に上げた。

「『円環の理《ことわり》に未だ導かれぬ者よ、死を以《もっ》て偽りの生を取り戻せ。蘇生擬き《ネクロマンス》・ゾンビ』」

蘇生擬き《ネクロマンス》・ゾンビ。初めての長い詠唱を必要とする魔法だ。効果は単純、死んでから長い時間が経っていない死体をゾンビとして蘇《よみがえ》らせる。

強力な効果を持つ魔法だが、この魔法はそれほど簡単ではない。先ず、死んでからの時間制限という条件だが、これは時間が経つほど成功確率が下がる。僕の場合、二時間も経てば成功確率は半分以下だ。

次に、死体の損壊度で確率は大きく変わる。首が離れていれば、その時点で成功確率はほとんどゼロだ。

そして、レベルの差。対象と術者のレベルが1離れているごとに1％減っていく。勿論、術者の方が高い場合は問題ない。

最後に確率を左右するのは、死霊術のスキルレベル。蘇生擬き《ネクロマンス》・ゾンビを取得できるSLv.4

だと、最初の時点で確率は50％だ。そこから上がることはない。

さて、この条件を今回の状況に照らし合わせていくと、先ずスキルレベルは4。成功確率は50％だ。次に経過した時間はほぼゼロで、仮に１％減ったとしても49％程度。そしてレベル差は恐らく僕の方が上だから問題ない。最後に死体損壊度、オーガの死体は喉を一突きされているだけでほとんど損壊はない。これを踏まえて現在の成功確率は、47％といったところだろう。

黒い光がオーガの死体に入り込んでいくのを期待した眼差《まなざ》しで見ていると、ゆっくりとオーガの体が動き出し、目に暗い光を灯《とも》して起き上がった。つまり、成功だ。

「あれ？　ネクロさん、オーガが復活しましたよ？」

「うん、これは死霊術の中でも死体をアンデッドとして蘇らせる魔法。蘇生擬き《ネクロマンス》だよ」

へぇ～、と頷くエトナを尻目に僕は蘇ったオーガを解析《スキャン》した。

種族はオーガ・ゾンビLv．27、職業は重戦士《ヘビー・ファイター》Lv．3、名前はなく、ステータスは最も高いのが１５２のSTR《物理攻撃力》。INT《魔法攻撃力》やMPは低く、60前後だ。スキルにはパッシブの自動回復の他に【斧《ふ》術《じゅつ》】と【体術】がある。まぁ、全体を見た感じ僕よりは余裕で強いが、エトナよりは余裕で弱いといったところだろう。

しかし、少し気になるのはSPがかなり多いことだ。エトナの時はちょっとしかなかったけど、こいつは２６０も持っている。

「ねぇ、エトナ。スキルってどうやって取得してる？」

「え？　まぁ、普通に神官さんにお金を払えば取得できますよ？　神官さんが言うには、SPというものがレベルが上がるたびに溜まるらしくて、それを使えば特定のスキルが取れるとか」

やっぱり、NPCは自分でSPを消費できないのか。だから、普通の魔物はSPを生まれた時から一切使わずに抱えてるってことか。

「じゃあ、APはどうなの？」

「え、えーぴー……聞いたことあるような……あ、SPの仲間みたいな？」

んー、なんだろう。SPを知ってるのにAPを忘れるはずないし……こっちの住人にはAPの概念自体なかったりするのかな？　APを振れるのはプレイヤーの特権的な。

「いや、ごめん。なんでもないよ」

「はぁ、そうですか。変なネクロさんですね。変ネクロです」

この前の雑ネクロといい、なんなんだそれ。

いや、そんなことはどうでもいい。大事なのはこの余りに余ったSPを僕が操作できるかだけど
……できるみたいだ。

どうしよう、260もある。何取らせようかな。うーん……取りあえず普通のプレイヤーに人気の技能を取らせてみようかな。

先ずは、【跳躍《ジャンプ》】をSLv．2まで取らせる。これで、大跳躍《ハイジャンプ》と小跳躍《ショートジャンプ》を取得できた。大跳躍《ハイジャンプ》は文字通り大きく跳ぶスキルで、スキルレベル×5メートルくらいは跳べるらしい。要するに、このオーガは10メートルを超える大ジャンプができるようになった。

次に小跳躍《ショートジャンプ》。こっちが本命だ。これは、短距離を素早く跳ぶことができるスキルで、〇・一秒で3メートルの距離を跳ぶことができる。前に向けて真っ直ぐ飛べば、前方3メートルの距離を一瞬で詰めることができるのだ。似たような系列で瞬歩《ステップ》があるが、あれは飛距離が1メートルしかない

代わりに慣性が働かない。跳躍《ジャンプ》は普通に慣性が働くので連続で使用するのは難しかったりする。

さて、これで30消費した。次に取るのは……【自己強化《セルフブースト》】かな。

僕は強化をSLv．2まで取らせた。これで、物攻強化《ストレングス・ブースト》と物防強化《バイタリティ・ブースト》を取得できた。文字通り、一定時間STRとVITを強化するスキルだ。

これでまた30消費。残り200か。

あ、ゾンビ化したせいで日光のダメージ食らってる。だったら……そうだね、SPを30消費し、【光属性耐性】を取得させる。これで……うん、鬱陶しそうにはしてるけど、少なくともダメージはなくなったみたいだ。これで良し。SLv．1だけど、これから勝手に上がっていくだろうし。

うーん、斧術はどうせ勝手に上がるだろうから……HP自動回復をSLv．4に上げて、40消費。

次に……100消費して【悪食】かな。これは、生きている敵か、死後数時間以内の死体を食らうとステータスがほんの少しだけ増加するスキルだ。100消費するだけあってそこそこ強力なスキルだが、食える量にも限界はあるので一気にステータスを上げるのは難しいだろう。

残りの30を消費して【咆哮《ほうこう》】をSLv．2まで取る。これは自分より弱い敵に恐怖を与えて緊張状態にしたり、自分自身のステータスを上げたりするスキルだ。3まで上がれば、自分より格下の同種族を服従させることもできる。

さて、全部振り終えたけど、こいつは連れていくわけではなく、ここに放置していく。

「じゃあ、オーガ……君はロアだ」

由来は咆哮だ。英訳するとRoar。

「うーん、なんかまともな名前ですね……ノット雑ネクロです」

ROAR
Not Zatsu Necro!

なんで残念そうかは知らないけど、割と適当に付けたから雑ネクロだと思うよ。

「じゃあ、ロア。この平原の中なら好きにしていいよ。でも、戦う気がない人間は殺さないようにね。あと、君に与えた力は自覚できてる？」

命令の後、不安になった僕が尋ねるとロアは緩慢な動きで頷いた。

「そっか、じゃあオッケーだね。試しにあそこのオークでも狩ってみてよ」

頷いたロアは、大跳躍《ハイジャンプ》で一気に距離を詰め、重厚な斧をその勢いのままに振り下ろすと、オークの首が宙を舞った。

そしてロアは落ちた首をくわえて噛《か》み砕き、呑み込むと、残った体を貪《むさぼ》り始めた。

「うわぁ……結構えげつないですね」

「マスター、グロテスクです」

うん、グロいね。マスターもそう思うよ。

「じゃあ、ロア。後はよろしくねー！」

死体を貪るロアに手を振り、背を向けた。

「あ、じゃあもうここでの狩りは終わりですか？」

「そうだね、でも……」

僕はエトナの背後を指差して言った。

「影からチラチラと隙を狙ってるのは分かってるんだよ？　そこのコボルト」

僕の言葉に、茂みの中に潜んでいたコボルトが動揺し、大きく動く。恐らく、さっきのエトナの攻撃か、オーガの首刈りにビビって出てこれなくなったのだろう。

「ヴ、ヴォォンッ!!」

青い肌のコボルトが錆《さ》びたナイフを持って僕に斬りかかる。が、そんなことお見通しだ。

「闇腕《ダークアーム》、闇槍《ダークランス》」

影から無数に生え出た闇の腕がコボルトを拘束し、動けないところを闇の槍が貫いた。肌の色と同じ青い血を垂れ流したコボルトは、すぐに息を引き取った。

そう、称号により得た150APの全てをINTに注ぎ込んだ僕の闇腕《ダークアーム》はそこらのコボルト相手ならば簡単に拘束できるのである。

「おー、流石ですネクロさん。まぁ、私はずっと気付いてましたけどねっ！」

適当に僕を褒め称《たた》えるエトナを軽く睨み、僕はコボルトに蘇生擬き《ネクロマンス》を掛けたが、残念ながら失敗した。

それはさておき、今回オーガをアンデッド化させて放置したのは、狙いがある。

こんな風に各地のそこそこ強いモンスターをアンデッド化させてそこで狩りを続けさせれば、何もしなくても経験値が入ってくる。つまり、不労所得《経験値》を狙ってのことである。

「よし、じゃあ行こうか」

死体を食い終えたロアが、今度はコボルトの死体に牙を立てるのを尻目に、僕たちは平原を去った。

◆……？？？視点

「えー、どうも皆さんこんにちは。ドらどラです」

俺はＤｒｙ Ｒａｄ Ｌ・ｉｏｎ、略してドらどラ。自分で言うのもなんだが、登録者87万人の大手ストリーマーだ。元々は50万人程度だった登録者も、ＣＯＯの動画を上げ、配信をするたびにグングンと伸びていった。よって、このゲームは俺の中で、そして配信者業界の中で最も熱いコンテンツなのだ。

そして、今正にＣＯＯの配信を開始したところだ。見る見るうちに視聴者数が増えていく。やはりＣＯＯは最強のコンテンツだ。

「今日はネン湿原北部、通称ネン平原と言われる場所でレベルを上げようかなと思います」

そう言って俺はオークやレッサーオーガがチラホラと見える平原を指差した。眩《まぶ》しい太陽の光が低く茂った草花に降り注いでいる。

「まぁ、こんな風にそこそこ強くて経験値も悪くないモンスターが多いので、三時間くらいここで狩りをしつつ、ついでに新しいスキルの紹介もしていけたらな、と思います」

と、言い切ったところで茂みからコボルトが飛び出してきた。

それを冷静に回避し、体勢を崩したコボルトに瞬歩《ステップ》で近づき、ミスリル製のショートソードで首を斬り落とした。

「はい、ネン平原はこんな風に茂みからコボルトが飛び出してくることが多いので注意しましょう。気配察知のスキルを持っている方は簡単に分かるので問題ないですが」

ミスリルの剣を何度か振り、血を落としていると、三匹のオークが槍を持って俺を包囲していることに気付いた。

「あー、この仕草癖《くせ》になっちゃってるんですよね。血を落としてもどうせすぐ別の血が付くんですけどね、癖ですよ、癖」

適当な口調で喋り続ける俺に苛立ったのか、オークたちは槍を深く構え、咆哮を上げながら同時に突撃してきた。

「えー、こういう時の一番の対処法は……円斬撃《サークル・スラッシュ》、ですね」

剣を構え、スキルを発動すると、俺の体は高速で回転し、一周する頃にはオークたちの首は全て離れていた。よっしゃ、格好良く決まった。リスナーの反応も悪くない。

「はい、上手《うま》く決まりましたね。ただ、ミスリルの剣じゃないとここまで綺麗には斬れないので、剣によっては槍の先を切り落とすくらいにしておいた方がいいかもしれませんね」

普通の鉄の剣じゃ無理かな、と思って言ってみたが、『いや、そんな器用な真似《まね》一般人はできねえから』とコメントで突っ込まれてしまった。正直、練習すればこのくらいは誰でもできると思うんだけど。

「あ、今回の目標言ってなかったですね。まぁ、ここに来た理由はレベル上げなんですけど、これは目標って言うより目的ですね。それで、今回の目標なんですけど、このネン平原に潜むオーガを倒すことですね。別にエリアボスとかではないらしいんですけど、ここのオーガがそこそこ強いらしいです。レベルは25程度とのことなので、30の俺なら問題なく倒せると思います。というわけで、オーガを探しつつ新たに取得したスキルを紹介していきましょう」

そう言って俺は真っ赤な肌を持つレッサーオーガに剣を向けた。気付いたレッサーオーガが石の斧を構えるが、もう遅い。

「先ずはこれからいきましょう。風魔術よりSLv．5スキル、風烈刃《ハリケーンカッター》」

レッサーオーガに向けられた俺の指先に緑に光る激しい風の奔流が発生し、幾重にもなるそれは指先から発射されると、一つの強烈な風の刃となりレッサーオーガを切り裂いた。

「うーん、レッサーオーガともなると流石に一撃では倒せませんでした。まぁ、ここまで削れば風槍《ウィンドランス》で十分でしょう」

今度は溜めも必要ない風の槍が射出され、レッサーオーガの胴体を貫き、やがてレッサーオーガは絶命した。

「はい、こんな感じですね。風烈刃《ハリケーンカッター》は三秒程度の溜めを必要としますが、その分強力な一撃を放ちます。まぁ、流石はSLv．5のスキルといったところですね」

と言ったところで、何か嫌な予感がした。

「あ、あれは……ッ！　オーガです！　早速遭遇しました！　オーガですッ!!」

慌てて振り返った先にいたのは鋼鉄の斧を持ち、全身が少し暗い赤色で角が生えた巨漢。喉の位置が黒いドロドロの何かで覆われ、そこを起点に体中に枝分かれするように黒い線が走っていること以外は俺の知っているオーガと同じだった。だが、明らかに普通ではない。

急いで剣を構え、瞬歩《ステップ》で後ろに下がった。

「えっと、毎回言っていますが、今のはバックステップと呼ばれる技術で瞬歩《ステップ》を後ろ向きに発動するとこうなります。便利なので覚えておきま――」

説明している途中、突如目の前まで迫ったオーガに驚き声が詰まる。

咄嗟に剣を構え、振り下ろされた斧から身を守るが、その圧倒的な衝撃には耐えられずに5メートルほど吹っ飛ばされてしまう。

「やっぱいですねこれ、予想以上です。ていうかこいつ本当に……」

本当にオーガなのか？　そう思い解析《スキャン》した。


オーガ・ゾンビ（ロア）Lv．29　＊従魔：ネクロ

レベル29、予想とそこまで変わらないが……オーガ・ゾンビか。文字通り、オーガをゾンビ化させたらそうなるんだろうな。

「……ん？　ちょっと待て、お前――ッ！」

容赦なく振り被られた斧を瞬歩で回避する。

「従魔？　従魔ってどういうことだッ!?　テイムされてるのか？　それともアンデッドだから死霊術で仲間にされたのか？　クソ、なんだこれッ！　なんかのイベントかよ?!」

一瞬で距離を詰めては斧を振るうオーガの猛攻を凌ぎ続ける俺だったが、配信中なので頭に浮かんだことはちゃんと口に出して言った。本当はそんな余裕ないが。

「クソッ、一回距離を取ってやるッ！　風爆弾《ウィンドボム》ッ!!」

俺は俺とオーガとの間に風爆弾《ウィンドボム》を発動し、お互いを吹き飛ばすことで大きく距離を取った。これで、魔法戦の距離で仕切り直せる。

「風槍《ウィンドランス》、風槍《ウィンドランス》、風槍《ウィンドランス》ッ！」

取りあえず簡単な魔法で近づけないように牽制《けんせい》する。

「グゥオ、グオォゥ、グゥオオオッ!!」

俺の魔法を軽々《かるがる》と回避したオーガが何か呻《うめ》くと、赤い光と青い光が一瞬だけオーガを包み込んだ。

待てよ、あのエフェクトどっかで見たことがある。確か……、

「自己強化《セルフブースト》ッ?!　馬鹿な、なんで只のオーガが使えるんだよ!?」

意味が分からん、クソッ！

「風烈刃《ハリケーンカッター》ッ！」

指先に緑の光を放つ風の奔流を集める。そしてそれを放とうとした時、オーガが飛んだ。

「飛んだッ?!　い、いや、跳んだのかッ!?」

見たところ、15メートルは跳んでるぞ!?　ありえねえだろマジでッ!!

「いや、空中にいる今がチャンスだッ！　発っ――」

「グゥォォオオオオオオッッ！！！」

なんだ、これ、体が。

「ぁ、ぇ……ぃ、まの、咆哮、か？」

オーガの咆哮により集中を崩した俺は、指先に溜めていた暴風の塊を崩してしまった。その場に

一瞬だけ強い風が吹き荒れるが、それで終わりだ。

天高く舞い上がったオーガが、鋼鉄の斧を空に向けて掲げ、落下すると同時にそれを振り下ろすのが見えた。斧は仄かに赤いオーラに包まれていた。落下が進むたびにその赤は強まり、斧が俺の体を砕く頃には、赤は激しい炎になっていて、メラメラと燃えていた。

視界が炎に包まれ、体がメチャクチャになったのを感じながら思い出す。

「……確か、今の技は斧術のＳＬｖ．４スキル、燃魂一撃《バーニング・ストライク》。本来は斧を持ってハンマー投げのように回転し、回転した分だけ摩擦で赤いオーラが燃え滾《たぎ》るスキルだったと思います。この炎はただ燃えるだけでなく、燃えた分だけダメージが上がったと、思い、ます……」

もう舌が回らなくなったのを確認した俺はゆっくりと目を閉じ、俺の体を燃やす炎と、足から俺を食らうオーガに身を任せた。

ボロボロに、負けた、けど。結構、取れ高は、良かった、かも、な……。

どこか満足した気持ちのまま、俺は静かに息を引き取った。

◆……ネクロ視点

『よぉ、真』

早朝に電話をかけてきたチープ、もとい安斎が画像を送りながら僕に語りかけてくる。

「朝から何？　……何これ、掲示板？」

『おう。お前、ちょっとした噂になってんぞ』

言われて、掲示板の書き込みがスクショされた画像たちを詳しく見る。

「……なるほどね」

どうやら、ロアと戦闘になったプレイヤーが有名な配信者だったらしく、掲示板にロアについての書き込みがあった。そこに重ねて冒険者ギルドでのトラブルがあった際にその場にいたプレイヤーによって僕の存在も浮上し、瞬く間に僕＝ロアの主人ということになっていた。まぁ、事実だけど。

『それと、最後の方の画像見てみろ』

「……へぇ」

最後の画像。その内容はロアの討伐隊を結集する呼びかけだった。画像の時点で三人は揃《そろ》っている。これはちょっと、面倒になったかもしれない。

「この掲示板、どうやってログインするの？」

『COOのIDとパスを入れれば書き込めるぞ。眺めるだけならログインしなくてもできるけどな』

そっか。まぁ、特に何も書き込むつもりはないけど。

「まぁ、うん。どうしようかなぁ……」

『いいのか？　多分、あのオーガ死んじまうぞ？』

良くはないね。

「うーん、積極的にPKとかする気はないんだよね。ロアにもネン平原をあんまり出ないでねって命令してあるし、戦う意思のない人は殺さないようにとも言ってる。だから、まぁ、討伐されなかったところでネン湿原で初心者が狩られるわけじゃないし、討伐されたところで文句を言うつもりもない」

でも、うん。

「ただ、自分の従魔が殺されるのを黙って見てるっていうのも違うよね」

『お、じゃあお前も戦うのか？　それともあのオーガを逃すのか？』

いや、どっちも違うね。

「ううん、戦うのはロアだよ。逃げさせるわけでもない。そんなことしたら、みんな冷めちゃうだろうし、僕も面白くない」

『……じゃあ、どうすんだよ』

「ロアを強化するんだ。掲示板の話通りなら、彼らの集合は十四時、そして今は六時、ご飯とか食べてからやるとしても、最低七時間は猶予があるよね。それだけあれば、十分だよ」

『なるほどな。強化、テイマーらしいな。手伝おうか？』

「いや、いいよ。手を借りるまでもないね。既に仲間はいるから」

エトナと、メト。そしてロア。僕には三人……三匹の仲間がいる。

『ありゃりゃ、もう取られちまったか。まぁでも、偶には遊んでくれよ？』

「当たり前だよ。僕は君に誘われて来たようなものだし」

さて、そろそろトーストが焼き上がる頃だ。

チンッ、と小気味好《よ》い音と共に焼けたパンがトースターから飛び出る。

「じゃあ、そろそろ切るよ」

『おう、頑張れよ。またな』

電話が切れた。トーストを召し上がって、歯を磨いて顔を洗って、さっさとCOOの世界に入り込むとしよう。

第五章　戦力増強とアースドラゴン

ここはネン平原、レッサーオーガやオークが跋扈する魔物の楽園だ。現在はそんな悪夢の平原を昇り立ての太陽が眩しく照らしている。オーガ・ゾンビのロアは鬱陶しそうに眉を顰《ひそ》めていた。

「おはよう、ロア」

「グオ」

ロアは一鳴きした。挨拶のつもりだろう。因みに、仲間が云々《うんぬん》と言った割にエトナとメトは来ていない。なんでも、ダンジョンから宿屋に移り住んだばかりのメトは色々と生活用品が足りていないらしい。

「まったく、エトナはひどいよね。かけがえのない仲間のロアに対して『え？　ロアですか？　オーガですよね？　しかも……腐ってますよ？』とか言って今回の特訓を拒否したんだよ？　いや、エトナだけじゃない。メトもだ。メトもさり気なくエトナの側に立って喋ることなく拒否したんだ。ありえなくない？　ありえないよね？」

「グオ」

ロアは一鳴きした。さっきよりも鬱陶しそうに返事をしているのは気のせいだろうか。まぁ、こんなことをやっててもしょうがない。

「じゃあ、早速始めようか。取りあえずＳＰ振っとくね……あ、何か希望はある？」

「グオ……グォオ、グゥオオ（私は……レッサーオーガたちを統率したいです）」

なるほどね。仲間を増やしたいわけだ。なんか意外だね、あんまり群れを作るの好きじゃなさそうなのに。

まぁでも、それなら話は簡単だ。咆哮のスキルを一つ上げれば格下の同種族を服従させられるようになる。あ、因みに咆哮は人族は取得できないよ。その種族によって取得できないスキルっていうのは結構ある。【高速飛行】とかね。これは元から飛べる種族しか取得できない。

「おっけー、取りあえず残りのSPは……ちょうど30だね。咆哮を上げとくから、これで自分より弱いレッサーオーガは言うことを聞かせられるようになったと思うよ」

「グオ」

ロアは自分の体内で成長した力を自覚したのか、満足そうに頷いた。……オーガ、笑うと結構怖い。いや、笑わなくても十分に怖い顔はしてるけど。

「よし、それじゃ今からちょっと移動するよ」

そう言って僕はロアの背中に張り付いた。筋肉質な体は、ゾンビ化した影響か死んだように冷たくなっていた。いや、まぁ、死んではいるけど。

「グ、グオ?」

困惑したように鳴くロア。この図体《ずうたい》でその声はちょっと間抜けだ。

「いや、君に運んでもらうのが一番早いからね。それじゃ、あっちに真っ直ぐ走ってね」

「…………グオ」

暫《しば》しの沈黙を経て、ロアは背中に張り付いていた僕を引っ剥《ぱ》がし、その腕に僕を抱いた。所謂お姫様抱っこだ。まさかオーガにお姫様抱っこをしてもらえる機会があるとは思わなかった。正しく、僥倖《ぎょうこう》だ。

　そして、大きな腕の中で僕が姿勢を整えると、ロアは僕の指差した方角に全力で走り出した。跳《ちょう》躍《やく》スキルも上手く活用している。

　特に変わることのない景色を十五分程度眺めていると、遂に目的地に到着した。荒々《あらあら》しく舞う砂粒に、張り付くように強い日差し。地面はかなり熱く、靴越しでも温度が伝わってくる。ロアも顔を顰《しか》めている。

「ほら、あいつ。あの蠍、倒そうよ。強いけど、経験値は美味しいらしいよ？」

　そう言いながら僕は蠍を解析《スキャン》した。

大蠍《おおさそり》（Nameless）　Ｌｖ．32

　うん、普通に強い。

「……グオ」

　諦めたように目を閉じたロアは、重々《おもおも》しく斧を構え、自己強化《セルフブースト》を掛け始めた。それに合わせて僕も強化魔法を掛けた。

「じゃあ、行くよ？　僕が動きを抑えるから、必殺の一撃をお願い」

「グオッ!!　グォオオオオオオッ！！！」

　大きく咆哮を上げたロアに蠍の目線が向く。さっきの咆哮は恐らく自己強化の咆哮だろう。

「闇腕《ダークアーム》ッ！　闇槍《ダークランス》ッ！」

先行するロアを追って蠍に近づき、全力で拘束魔法を唱えた。その後に発動した闇槍《ダークランス》はほとんど効いていないようだ。だが、闇の腕が蠍に纏《まと》わりついて拘束には成功している。

「グォォオオッ！！！」

ある程度近づいたロアは天高く舞い上がった。空に向けられた斧の周りには赤いオーラが漂っている。恐らくアレが必殺の一撃だ。

それを見た蠍が必死に拘束を振り解《ほど》いて逃げようとするが、自分の影から生えた腕を千切った側《そば》から新しい腕が生えてくるのでキリがない。それに気付いた蠍は拘束されながらも僕に鋏《はさみ》を向けた。

だが、5メートルは離れている僕には届かない。……いや、違う。土魔術だ。

「闇雲《ダーククラウド》」

漆黒の雲が3メートルはある蠍を覆った。

雲の中から岩の塊がものすごい速度で飛ばされてきたが、それは僕の頬を掠《かす》めるだけだった。暗闇に囚われた蠍は僕の位置を捕捉できなかったのだろう。

「グオオオオオオオッ！！！」

雄叫《おたけ》びの直後、ベギッ！　と凄まじい勢いで落ちてきたロアの斧が蠍に叩きつけられた音が聞こえた。黒い雲が晴れた後、残されていたのはボロボロになった上に燃え盛っている蠍と、まだ少し動くそれを躊躇なく貪り食うロアだけだった。

《レベルが［35］に上昇しました》

《SP、APを［10］ずつ取得しました》

あ、僕もレベルが上がった。ロアを解析《スキャン》すると、ロアも上がっているようだった。

「おっけー、ナイスだよ。この調子で行ってみようか」

「グオ！」

自信がついたのか、さっきよりも元気な返事をロアは返した。

◇

太陽がかなり昇り、日差しは更に強くなっていた。

【次元の旅人《プレイヤー》】のスキルでメニューを表示し、時間を確認すると、もう十三時になっていた。そろそろ時間だが、進捗《しんちょく》は上々《じょうじょう》だ。

先ず、ロアのレベルは35まで上がった。正直、ここまで上がるとは思ってなかったけど、後半は連携にも慣れ、狩りのスピードもかなり上がっていたから順当な結果ではあるかもしれない。

次に、僕のレベルも結構上がった。今のレベルは38だ。

そして最後、これが一番大きな戦果かもしれない。後半はロアも満腹になり、死体を平らげることもできなくなっていた。なので、敵を倒すたびに僕が《蘇生擬き《ネクロマンス》・ゾンビ《ゾンビ》》を掛けていた。結果、予想通り九割以上失敗に終わった。だが、強力なモンスターを仲間にすることができた。

先ず、一体目。ご存じ、大蠍さん。名前はアスコル。ロアの攻撃の影響で背中が大きくひび割れており、黒く染まった傷跡からは黒い炎が噴き出している。

能力だが、最初から土魔術を覚えている上に、ＡＧＩとＭＰ以外のステータスは高いため、かなり強力。ＳＰを振るのが楽しみだ。

二体目、大蚯蚓《ジャイアントワーム》。名前はレタム。ロアにタコ殴りにされたせいか、体中に打撲の痕があり、黒い斑《まだら》模様になっている。

水魔術を使い、更には溶解液を吐き出してくる。こいつの相手をするのは本当に大変だった。水で地面を濡《ぬ》らし、泥濘《ぬかる》ませる。そして足を取られたところを溶解液で溶かす。かなりウザい。ただ、本体の戦闘力はそこまでないので魔法も溶解液も効かない相手には無力だ。

そして最後、岩禿鷲《ロックバルチャー》だ。名前はボルドロ。ロアの投げつけた斧により、胸元に大きな穴が開いていた。現在は黒いドロドロとした何かで埋められている。

岩と名が付く割に風魔術を使い、石より硬い頭が特徴だ。ツルツルに見えて少しだけ表面がトゲトゲしている頭で突撃し、相手の皮膚を破壊し、骨を砕く。それを風魔術でブーストして避けられない勢いで突っ込んでくるのが最悪だ。

最初に強烈な風の刃を発射されそうになった時には死ぬかと思ったが、ロアの咆哮のお陰で助かった。ロア曰く、知っている技だったらしい。

因みに、光属性耐性は先に振ってある。燃えちゃうからね。

「じゃあ、そろそろ帰ッ――」

そろそろ切り上げようと思い、ロアに声を掛けた瞬間、地面から勢い良く何かが飛び出してきた。

それは、岩のような鱗《うろこ》で全身を覆い、竜のように長い尻尾《しっぽ》と、鋭く伸びた五本の爪。硬い鱗に覆われて開かない目。そして、細長く伸びた鼻。

立派な翼も、凶悪な牙もないそれは、竜のようで竜ではない。正に土竜《アースドラゴン》だった。

解析《スキャン》の結果は土竜《アースドラゴン》Lv.53。さて、ボス戦の始まりだ。

「全員構えて。戦闘が始まるよ」

冷静に僕はナイフを構え、そして冷静にロアの後ろに回った。

「ロアとアスコルが前衛、ロアがメインでアスコルはフォローをお願い。レタムは隙を見て地中から奇襲、離脱を繰り返して。ボルドロは空中から全員のサポートをお願い。……来るよッ」

ピクピクと鼻を動かし、僕たちのことを把握した土竜は即座に地中に潜った。全員が警戒する中、突然僕の立っていた地面が蠢《かざ》き出し、そこから土竜が勢い良く飛び出してきた。土竜はギリギリで回避した僕に鋭い爪を振り翳した。

「グォオオッ!!」

避けられない位置にいた僕の前に飛び出したロアは、鋼鉄の斧で五本の爪を迎え撃った。

「キュウウゥゥゥ……」

土竜は弾かれた自分の爪を眺め、恨めしそうにロアを睨みつけた。

「グォオオオオッ!!」

しかし、そんなことは知らんとばかりにロアは斬りかかった。

迎え撃つ爪、振り下ろされる斧。一進一退の攻防を僕たちはただ眺めていたわけではなかった。

爪が弾かれ、土竜に隙ができた瞬間、空からは風の刃が、地面からは溶解液が襲いかかる。

「キュッ、キュウウウッ！」

が、ダメだ。少しは効いているようだがまともなダメージは入っていない。

クソ、何か打開策はないのか？　溶解液でも溶けず、風の刃でも切り裂けない、無敵の鎧。唯一あの鱗を突破できそうなロアは完全に警戒され、攻撃を当てられそうにもない。

ジリ貧。このままじゃ負けるのは僕たちだ。

「待てよ……そうだ」

もう一度あいつの特徴を洗い直す。

頑強な鱗、力強い尻尾、五本の鋭く長い爪に、閉じた目、そして細長い鼻。

……分かった。

閉ざされた目を見れば簡単に分かる話だが、奴は視覚に頼っていない。だったら、どうやって僕らを認識している？

それは、本当の土竜の特徴通りなら、細かな振動を感知する特殊な器官、立体的に匂《にお》いを捉える優れた嗅覚だ。そして、ミミズが這う音や、地上を歩く動物の音すら聴き分けられる聴覚。

嗅覚はどうする手段もない。ならば、音だ。音とは振動。音魔術《音魔術》この力で鬼畜ボスモンスターを攻略してやる。

だが、音魔術を使うとしてもいつ使うべきか？　確かに音魔術は爆音を出せるが、離れた位置から発動しても意味は薄いだろう。だから、狙うのは地中に潜る瞬間だ。土竜の動きを見るに、飛び出してくる位置は複数あるが、必ず決まった位置から出てくる。

だから、僕はレタムに調べさせた。結果、予想通りのことが分かった。

地下にはこの土竜が普段使うトンネルが掘られている。複雑な構造をしているらしいがそこまで大きくはなく、そのトンネルを利用して高速で移動しているらしい。これだ。このトンネルを利用する。

作戦は、決まった。

「ロア、僕が闇腕《ダークアーム》で拘束する！　その隙を狙えッ！」

嘘だ。拘束したところでどうせ逃げられることは分かっている。だが、その逃げられることこそが狙いだ。

「闇腕《ダークアーム》、闇腕《ダークアーム》、闇腕《ダークアーム》ッ!!」

地中から奇襲するように現れた土竜の影から漆黒の腕が出現し、土竜の巨体を拘束する。だが、ロアが全力で近づいているのを確認すると、土竜は拘束を一瞬で引き千切り、僕が隣にいるにも関わらず地中に逃げ出した。

土竜の体がすっぽりとトンネルに入り込んだ瞬間、僕は創音《サウンド》を発動した。

キィイイイインッ！！　という超高音が、爆発的な音量でトンネルの中に鳴り響く。その爆音はトンネルの中で何度も反響し、土竜の鼓膜を破壊する。

「キュウウウウウウウウッッ！！！」

堪《たま》らず爆音の響くトンネルから地上に飛び出した土竜。だが、その上空には赤いオーラを放つ鋼鉄の斧を持った、オーガの姿があった。

「闇腕《ダークアーム》ッ！」

自分の真上で太陽と重なるオーガを認識してしまった土竜は、急いで地中に潜ろうとする。だが、その瞬間を漆黒の腕は捉えた。

地下に潜ろうとした土竜の動きが阻害される。引き千切ろうとした瞬間、ボルドロの石頭が激突《げきとつ》しバランスを崩された。すぐに態勢を立て直し、再度潜ろうと下を向く土竜だが、その地中から噴出した高圧の水流で頭をかち上げられる。そして、上を向いた一瞬。その一瞬の間に、燃え盛る斧が土竜の鼻頭に直撃した。

「キュウウウウウウウウウウッッッッッ！！！！！」

敏感な特殊器官のある鼻頭を最高の一撃で潰《つぶ》された土竜は絶叫し、悶絶《もんぜつ》し、潰れた鼻が燃えていることにも気付かずに地面をゴロゴロと転げ回る。

「グォ、グォオ、グォオオオオオオッッ！！！」

その無防備な醜態をロアは見逃さず、必殺の斧が潰れた鼻を更に潰し、念押しとばかりにもう一度振り下ろされた斧は鼻そのものを斬り落とした。

「キュ、キュイ、キュウゥゥ……」

最も大事な部位を斬り落とされた土竜は、痛みに悶《もだ》え苦しみ、抵抗することもままならずに僕たちにタコ殴りにされ、消えそうな悲鳴を上げながら穏やかに絶命した。

《レベルが［40］に上昇しました》

《SP、APを［20］ずつ取得しました》

《『称号：Unique Boss Killer』を取得しました》

称号の効果は、ユニークモンスターとの遭遇率が大きく上がり、ついでに100ずつSP、APを貰えるとのことだった。

「はぁ……これで漸く一段――」

《ユニークボスモンスターの討伐に成功しました。ワールドアナウンスによる討伐者の公表を許可しますか？》

え、何これ。よく分かんないけど、目立つ必要もないし［いいえ］で。

《ワールドアナウンスです。ユニークボスモンスター、『アボン荒野の土竜《アースドラゴン》』がプレイヤーによって討伐されました》

《また、討伐者が匿名を希望したため、名前は公表されません》

はぁ、なんか、更に疲れた。最後にこれだけやって後はさっさと帰ろう。

『『円環の理に未だ導かれぬ者よ、死を以て偽りの生を取り戻せ。蘇生擬き・ゾンビ《ネクロマンス》』』

レベル差もある上に、鼻も欠損している。スキルレベルは4のまま。超低確率だがやって損はないので一応やっておいた。

「……うん、ダメみたいだね。じゃ、みんな行こ――」

鼻のあった位置が黒く染まった土竜《アースドラゴン》の巨体が、むくりと起き上がった。

……ヤバい、超低確率引いた。

◇

取りあえず光属性耐性を取得させておいた僕は、現在悩んでいた。

「どうしよう、これ」

悩んでいた。というか、思考が止まっていた。主な原因は、鼻が潰れて使い物にならなくなったせいか、閉じた目がはっきりと開いた元土竜、現在は腐敗土竜《アースドラゴン・ゾンビ》のこいつのせいだ。

「グオ？（取りあえず全員分のＳＰ振るべきでは？）」

「……うん。そうだね。ロアの言う通りだ」

僕はやけに長い意味が込められた一鳴きに首を傾げながらも、ＳＰの振り方について考えた。取りあえず、蠍のアスコルから行こう。

数十分後、スキル振りが完了した。先ずはアスコル。

種族は腐敗大蠍　Ｌｖ．33、職業はなし。名前をアスコルにした理由は特にない。ステータスは全体的に防御寄りで、ＶＩＴ《物理防御力》が１５２で最も高い。足は遅く、攻撃力もそこまで高くない。

次にスキルだが、元からあったスキルは全員が持っている自動回復の他に毒液生成と尾撃。前者は文字通り体内で毒液を生成できるようになるスキルで、尾撃は尻尾での攻撃を強化するスキルだ。

大蠍の得意技である尻尾から毒を流し込む動きはこの二つのスキルを利用しているのだろう。

さて、今度は僕が取得させたスキルだ。先ず、高速再生。これは50ＳＰを必要とするスキルで、体の欠損や傷などを高速で回復するパッシブスキルだ。毒などの状態異常によって減ったＨＰは回復できない。

次に、結晶化。文字通り体を部分的に、または体全体を結晶化するスキルだ。これも50ＳＰを消費する。結晶化された体はカッチカチになり、防御力、攻撃力、共に上昇する。但し、使用中は結晶化している箇所に比例して常にＭＰが減り続ける為、過度な使用は厳禁。スキルレベルアップで硬度とＭＰ消費効率が上昇する。

そして、土魔術と結晶術。土魔術は単に土属性魔術が使えるようになるスキルだ。本命の結晶術だが、これは結晶化と土魔術（ＳＬｖ．５）を所持していることを条件に取得できるスキルだ。能力は単純で、自分以外の何かを結晶化させたり、結晶を生成して発射したりできる。

但し、生物を結晶化させる場合は直接触れる必要がある。

こんな感じである。結構いい感じに仕上がったんじゃないかなと思う。懸念点はＭＰが枯渇しそうってところかな。

次に見た目は完全に腐ったでっかいミミズの腐敗大蚯蚓《ジャイアントワーム・ゾンビ》Ｌｖ．27。名前はレタム。これまた理由はない。

ステータスはＭＰが１５６で最も高く、次いでＡＧＩが１２２と高い。ＩＮＴも高く、ＳＴＲは異常に低いので完全な魔法型ということだろう。ただ、ＡＧＩが高いので近づかれても自力で逃げやすい。

スキルは溶解液生成と水魔術が元から備わっていたが、追加で闇魔術、回復魔術、強化魔術に気配遮断を取得させた。これで味方の陰に隠れて支援と魔法攻撃を繰り返せる逃げ性能の高いメイジが完成した。

そして、腐った石頭のハゲワシ。腐敗岩禿鷲《ロックバルチャー・ゾンビ》Lv．28のボルドロだ。

ステータスはAGIが179と異様に高く、STRも103と悪くない。VITも高く固めだがMNDが高くないので魔法には弱いといったところだろうか。

スキルは風魔術と突撃が元から備わっており、自分を加速させて突撃するのが彼の戦闘スタイルだった。というわけで僕もそのスタイルを強化すべく高速飛行、結晶化、重力魔術を取得させた。

やりたいことは簡単。結晶化で頭を硬くして、高速飛行と重力魔術を使って突撃する。それだけだ。因みに重力魔術は100SPとそこそこ高級スキルだ。

さて、オーガ・ゾンビLv．38のロアだが、悪食の力でステータスが軒並み上がっている。レベルが上がった分でスキルは気配察知と投擲《とうてき》を取得した。本人の希望だ。ロア曰く、今回の特訓で敵の位置を把握することの大事さを知ったらしい。

まぁ、アボン荒野は空からも地面からも奇襲が来るからね。かなり大事ではある。僕も後で取ろうかな。

それと、投擲は敵に斧を投げつけた時に結構有効な手段だと気付いたらしい。斧を投げるのはあんまりやらないで欲しいけど……まぁ、斧じゃなくても石とか投げればいいからね。遠距離攻撃の手段は実際大事だ。飛ぶモンスターや、遠距離からチクチク撃ってくる魔術士を潰せるし。

そして、最後。大トリを飾るのはこのモンスター。腐敗土竜《アースドラゴン・ゾンビ》Lv．53、名はアースだ。

ステータスはＶＩＴ、ＭＮＤがどちらも５００超え、ＨＰも４００超えとかなりイカれている。ＭＰとＩＮＴも高く、優秀な魔法型にできそうだ。ＡＧＩとＳＴＲは低いので、近接戦は実は向いていないのだろう。とはいえ、タンクにはできると思う。滅茶苦茶硬いからね。

スキルは種族スキルである腐敗土竜《アースドラゴン・ゾンビ》に加えて麻痺毒《まひどく》生成に爪術《そうじゅつ》、土魔術のＳＬｖ．６が元から備わっている。それで、なんのスキルを取得させたかという話だが……実は、まだ全てのＳＰを振っていない。

光属性耐性と高速再生だけは付けた。だけど……残りのＳＰ４６０、何に使えばいいんだろう。ステータスは防御力がかなり高いってこと以外、あんまり特徴もないし……うーん、なんていうんだろ、僕の身の程に合ってないって感じがするなぁ。まぁ、エトナの方が強いんだけど。

「アース、なんか……希望ある？」

「キュウゥ……（特には……）」

うん、そっか……。どうしよう。

「キュ、キュウッ！　（いえ、そういえば……）」

「ん、何かある？」

……何気に礼儀正しい喋り方だよね、アース。

「キュウ、キュキュウ（私も主《あるじ》と同じ、死霊術を賜りたく存じます）」

「ん？　別にいいけど、なんで？」

「キュウ、キュウウゥ？　（単純に、主の真似をしたいからに御座《ござ》いますが？）」

「……うん、そう。分かったよ」

僕は思考を放棄し、死霊術を与えることにした。

「じゃあ、SLv．4まで上げとくよ」

ここまで上げれば死体のゾンビ化ができるようになる。

「キュッ」

アースは頷いた。……アース、見た目と声が合ってないよね。

「じゃあ、後は……どうしようか？」

「キュ、キュユキュウ（後は、目を良くするスキルを賜りたく存じます）」

「分かったよ、それなら……視覚強化、かな」

取りあえず、SLv．2まで上げてみた。そこそこ高くて、合計70SPだ。視覚強化はパッシブだが、強化の程度を自分で操作できる為、視力を逆に下げることもできるらしい。使う機会はなさそうだけど。

「どう？　アース。いい感じ？」

「キュ、キュウゥ！　キュキュウ（はい、いい感じに御座います！　初めての感覚です）」

そっか、まぁ、モグラって目が見えないらしいからね。

「どうしよっかな、あと270かぁ……んー、なんか面白いのは……」

あー、取りあえずこれ付けとこうかな。

「はい、これ【悪食】ね。一杯食べたら強くなれるよ」

「キュッ」

うん。アースも多分喜んでくれてるみたいだ。

「んー、後は順当に土魔術でも上げとこうかな」

僕は限界までSPを突っ込んで土魔術をSLv．8まで上げた。余りは20だ。

何も考えずに上げてみたけど、どんな感じか見てみたいな。

「アース、ちょっと試してみてよ」

「キュッ」

直後、アースの周辺に10本を超える石の槍が発生し、近くにいた野生の岩禿鷲《ロックバルチャー》に命中する。更に続けて地面から土のゴーレムと石のゴーレムが複数出現し、落ちた鳥をタコ殴りにした。

鳥が動かなくなると、ゴーレムたちは砕け散って消えた。

「ゴーレムか……すごいね。形って変えられるの？」

「キュ、キュキュウ（変えられますが、大きいほど必要な魔力は上がります）」
20、20かぁ……。
「じゃあ、跳躍《ジャンプ》と瞬歩《ステップ》取っとくね。SLv．1だけど」

「キュッ」

頷いた後、新たな力を簡単に試すアースを見て、漸く一段落したと思う僕だった。

◇

現在時刻は13：50。そろそろ危なくなってきたところだが、テイマーのスキル【従魔空間《テイムド・ハウス》】にボルドロ以外を収納し、ボルドロに掴んでもらって飛ぶことでなんとか辿り着くことができた。道中で掲示板を眺めていたが、やはりアースのことが話題になっていた。ロアの件から僕の仕業だと勘繰る人もいたが、まぁ流石にバレてはいないだろう。いや、別にバレても悪いことじゃないからいいけどね。

やっぱり平原はいいね。緑と魔物だけが広がるこの空間を眺めて思った。特に、あの鬼畜な荒野を乗り越えてきた後なら尚更《なおさら》そう感じてしまう。

「よし、それじゃあ……どうする？　ロア。アースたちと一緒に戦ってみる？」

「グオ（いいえ）」

見るも恐ろしい顔を横に振るうロア。

「グオ、グォオ。グオ（これは、私の試練です。手を借りては意味がない）」

「……そっか、何か、うん。大人な考えだね」

手を借りることしか能がないテイマーからは何も言えんです。

「それじゃあ、まぁ。後は頑張っ――」

「グォオオッ!!」

激励と共にロアの肩に手を伸ばした瞬間、ロアは斧を振り翳した。

何事かと思い周囲を確認すると、真っ二つに分かれた矢が地面に落ちていた。

矢の飛んできた方向には、六人の男女がいた。

矢をつがえた弓をこちらに向けている女、レミエ。

その隣で刀身の反った剣を二つ構えている男、エイマー。

刀を持った和装の男、閏柳《うるうりゅう》。

茶色いローブにフードを被った男、つちたまん。

身の丈ほどもある大剣を持った男、ふぁんぐ@ドラム缶。

そして最後に、何故か銃を二丁も持っている男、バレル@ドラム缶。

女一人、男五人の合計六人パーティが待ち構えていた。名前から察せられる通り、全員プレイヤーだ。

「へぇ、随分とご挨拶だね。……とかで、いいのかな？」

「グ、グオ……（わ、私に聞かれましても……）」

そっか、残念。

「あんた、そのオーガの仲間なわけ？　だったら殺すけど」

六人パーティ、唯一の女が僕に言った。

「それ、普通撃つ前に言わないかな？　まぁ、別にいいけど。ていうか、聞いてた情報よりも一人多くない？　それに、そこの二人なんか見たことあるような気がするんだけど……なんだっけ？」

僕は双剣のエイマーと、弓使いのレミエを指差して言った
「エイマーだ。俺とレミエを見たのはギルドでだろうな。あそこで女を侍《はべ》らせていたのを見た。それと、一人多いのはこの女のせいだ。レミエが無理矢理にでも付いてくるって言うからな……はぁ、みんな済まない」

「うんにゃ、全然構わん」

つちたまんが杖を取り出しながら言うと、他の面々《めんめん》も頷き、得物を構え始めた。

「まぁ、お喋りは終わりってことかな？　でも、残念ながら僕は戦うつもりないんだよね。これは、ロアの試練だからさ？」

「知ったことか。お前ごと斬り捨てるだけだ」

……うん、逃げよう。

「従魔空間《テイムド・ハウス》。ボルドロ、僕を頼んだ」

ボルドロを呼び出し、滞空するその足に僕がしがみ付くと、ボルドロは溜息を吐いてから全力で飛び始めた。

「てめッ！　逃すかッ！　大跳躍《ハイジャンプ》ッ！」

跳んでくる大剣使いのふぁんぐの攻撃を、闇槍《ダークランス》で迎え撃ち、墜落させた。

「うーん、面倒だなぁ……あ、そうだ。ボルドロ、方角覚えといてね」

クケェッ！　とボルドロが鳴くのを確認し、僕は闇雲《ダーククラウド》を発動した。

「お、おいッ！　なんだよ、あれ。空に、新しい雲ができたぞ？」

「……正に暗雲立ち込めるって、感じかぁ？」

今まで一言も喋らなかったバレルが言う。直後、銃弾が雲の中を何発かすり抜けていくのが分かった。恐らく、適当に撃っているのだろう。

「グゥゥォオオオオオオオオッッ！！！」

僕を攻撃した怒りからか、過去最大の咆哮が響いた。

白と黒の雲を抜けたはるか高みから、平原のレッサーオーガたちが一斉に集まってくるのが見えた。咆哮の効果だろう。

「まぁ、ロアなら大丈夫だよね。ね？　ボルドロ」

「クァ、クァッ（ああ、そうだな）」

……ボルドロって、そんな喋り方なんだ。

◆……バレル視点

「クソ、来るぞッ！　仲間も呼びやがったッ！」

あのロアとかいう奴の叫びに反応したのか、遠くにいたレッサーオーガまで集まってきやがった。

反対に、オークやコボルトたちは一目散に逃げ出している。

「グォオオッ!!」

叫びを上げて俺に斬りかかるオーガ。

「任せろッ!!」

回避も間に合わず、咄嗟に銃を構えたところで相棒のふぁんぐが斧を受け止めた。

「STRにはなぁ、自信があるんだよッ!!」

「グゥ？　グオォオオッ!!」

鍔迫《つばぜ》り合《あ》いを始めたふぁんぐにオーガは首を傾げたが、それだけだった。筋肉を隆起させたオーガは、思いっきりふぁんぐを吹き飛ばした。

「——隙あり」

が、全力を斧に込めてしまったオーガは体勢を崩し、後ろから迫った閨柳に斬られ……ない。

オーガは崩れた体勢のまま跳躍し、俺たちと大きく距離を離した。

代わりに近づいてくるのは二十を軽く超えるレッサーオーガの群れだ。

「レッサーオーガは俺に任せろッ！　だけど、あと一人は欲しいなッ?!」

「僕が行くッ！　僕の刀じゃ、あのオーガの斧は受け止められないッ！」

レッサーオーガの群れを受け持つのはつちたまんと閏柳らしい。

「行くぞ？　土魔術の極致、魅せてやる……変地創兵《クリエイトゴーレム》、多重召喚《マルチプルサモン》・石塊兵《ストーン・ゴーレム》」

つちたまんが杖を掲げると、地面に現れた魔法陣から等身大の石の人形が十体出現した。レベルは9らしい。

「僕も行こうか……『血刀の主よ、咲き乱れし血の花を以て永久《とこしえ》の舞を踊らん。斬血乱舞《ブラッディ・ダンス》』」

閏柳の全身を薄く血のように赤いオーラが覆った。

「……無駄ッ！」

背後から棍棒《こんぼう》を叩きつけようとしたレッサーオーガが一太刀で斬り伏せられる。

「無駄だ。今の僕は、斬れば斬るほど強くなる。君たちの血を糧にしてッ！」

確かに、閏柳が敵を斬るたびに彼を包む赤いオーラは濃くなっている。

「俺たちも、任せてちゃいれねーなァ、こりゃ」

それぞれ柄の違う二つの銃を構え、自己強化《セルフブースト》を済ませてしまったオーガにぶっ放す。結果はハズレだが、問題ない。何故なら、

「今のは威嚇射撃《いかくしゃげき》だからなァ!!」

俺は再度引き金を引き、オーガに瞬歩《ステップ》で急接近してぶっ放した。今度はオーガの両肩を二つの弾丸が撃ち抜いた。

「グォオッ!!　グォオオオオオッッ!!」

オーガは叫ぶと俺に突進し、斧で薙《な》ぎ払う。なんとか予見できていた動きだったので回避できたが、恐らくもう一度は難しい。

「多段射撃《マルチショット》・追尾する風の矢《ウィンド・ウェイ・アロー》ッ！　死になさいッ！」

「下がれッ！　破城大剣撃《キャッスル・ブレイク》ッ！　地震撃《クエイク・ソード》ッ!!」

迫る三本の風の矢はオーガの皮膚に突き刺さり、大剣による大振りな振り上げと、振り下ろし。

前者は斧をかち上げ、後者はオーガの足元に大きな揺れを齎《もたら》した。

「グォオッ!!　グゥォオオオッ！！！」

オーガは咄嗟に跳ぼうとするが、不安定になった地面では上手く跳べずに地団駄を踏んだ。

「今だッ！　爆裂弾《エクス・バレット》ッ！　風烈弾《ハリケーン・バレット》ッ！」

左の銃からは爆発する弾丸を、右の銃からは強烈な風を纏った弾丸を撃ち出した。

「グォオオォォッ！！！」

オーガは体を捩り、なんとか爆発する弾を回避したが、風烈弾《ハリケーン・バレット》は避けられず、胸を大きく抉《えぐ》られた。

「グォオッ!!」

「なんだとッ!!」

オーガは衝撃に身を押されながらも、自分の体から矢を引き抜いて投げつけた。凄まじい速度で迫る矢はレミエを撃ち抜いた。

「クソッ！　大丈夫かレミエッ！」

「待てやエイマーッ！　そんなんじゃ死にはしねェ！」

オーガの背後から迫っていたエイマーが思わず声を上げた。

だが、声を上げるまでもなくオーガは気付いていたようで、斧を振り回し、真後ろのエイマーにぶち当てた。当然のようにエイマーは吹き飛んだ。

「グォオオオオオオッ!!」

エイマーが吹き飛んだのをオーガは満足そうに見届けた後、凄まじい跳躍力で大ジャンプした。恐らく大跳躍《ハイジャンプ》だろう。

「だけどよォ、お空は銃撃の的でしかねえぜ鬼いさんッ!!」

再び射撃、今度は火炎弾《ファイヤー・バレット》と風烈弾《ハリケーン・バレット》だ。火炎弾《ファイヤー・バレット》を風の力で押してやる。

「グォオオオッ!!」

オーガは音速を超えて迫る弾丸を斧を振り下ろして受け止めた。だが、風烈弾《ハリケーン・バレット》で増幅された火炎弾《ファイヤー・バレット》を受け止めきれるはずもなく、火炎弾《ファイヤー・バレット》は斧の刃を少し溶かし、均衡を保てずに斧の真横をすり抜け、オーガの胴体を撃ち抜き、傷跡を焼いた。

だが、オーガはそれで終わらず、新たにできた傷跡を気にする様子もなく空中から石を投擲し始めた。

「クソッ！　食らうかよッ！　そんなのよォ！」

俺は爆裂弾《エクス・バレット》で迫る石ころを迎撃し、破壊した。だが、狙われていたのは俺だけではなかったようだ。

「ぐぁあああああッ!!」

「ふぁんぐッ！　クソッ!!　石投げなんざセコい真似しやがってッ！」

大剣で石を防ごうとしたふぁんぐは、大剣でカバーできていない足を貫かれて転び、そこに更に二発の石弾を撃ち込まれた。

「…………より来たれ根源の波動ッ！　受けてみよ弓神・アルクセウスの力の片鱗《へんりん》をッ！　致命の一矢《リィタル・サギッタ》ッ！』」

トドメの燃える斧が空から振り下ろされる時、倒れていたレミエから黒と赤のオーラが渦巻いた黄金の矢が放たれた。

矢は斧と激突し、斧にヒビを入れてオーガを吹き飛ばした。

「ナイスだレミエッ！　食らえッ！　黄金魔弾《ゴールデン・バレット》ッ！」

放たれた黄金の弾丸は紫色のオーラを纏っていた。効果は単純な威力増強。こいつは完全に狙ったところに当たる時にしか使わねえが……それは今だッ！　あいつはヒビ割れた斧を呆然と眺めている。

だが、弾丸が当たる直前、オーガはニタリと笑い、跳躍した。

「クソッ！　外れたか……だがッ?!」

宙に浮いたオーガを狙撃しようと狙いを定めた時、ヒビ割れた斧が俺に向けて放たれた。

矢のような速度で迫る斧、銃を撃つ体勢に入ったせいで急に動けない俺、これは……避けられねぇ。

俺は少しでも身を捩って回避しようとするが、このままだと俺の右半身が吹き飛ぶコースで決まりだろう。俺が生存を諦めたその時、俺の体はフワリと宙に浮いた。

「あんたは死んじゃ、駄目だッ――」

俺を突き飛ばした大剣使いは、鋼鉄の斧の餌食《えじき》となり、ぐちゃぐちゃに破壊された。肉塊と化したふぁんぐは、中指をオーガに立てて見せると、遂に力尽きて消滅した。

「ふぁんぐゥウウウウウウウウウウッッ！！！」

したり顔で更にヒビの入った斧を拾うオーガに、俺は弾丸をぶち撒けた。

「ふぁんぐを、てめェよくも……オラッ！　死ねェ！」

特殊弾ですらない普通に弾丸を撃ちまくった、が。当たったのは精々《せいぜい》二、三発程度だ。クソ、折角繋いでもらった命を、無駄にしちまう……クソッ！

「まだだッ！　勝手に諦めるな大馬鹿がッ！　俺とレミエを信じろッ！　あの二人だってレッサーオーガを片付けたら戻ってくるッ！　今は……今は耐え凌ぐんだッ！」

「そうよ、信じなさい。もうMPないけど」

最後に気の抜けることを言いやがった女の頭を叩き、銃を構えて頭を冷やした。

「さて、第二ラウンドの始まりだッ!!」

最早、俺たちの心は勝利以外を信じていない。これで終わりだ、クソ野郎ッ！

◆……ネクロ視点

そろそろ夕方に差し掛かりそうなファミレスの中、僕と安斎は既に料理を片付け、現在は掲示板を眺めながらちびちびとジュースを飲んでいた。

「……うーん」

「何を唸《うな》ってんだお前は。勝ったんじゃなかったのか？」

「まぁ、勝ったのは勝ったんだけどね」

掲示板には敗北してしまったエイマーたちの書き込みがあり、それによると全員ロアに蹂躙《じゅうりん》されて終わったらしい。

「今回の僕の行動はさぁ、テイマーとして失格だったんだよ」

「何がだよ」

全部だよ。と言いたくなるのをなんとか堪えた。

「いやぁ、だってさぁ。いくら試練って言ったって、陰からいつでも助けられるように見とくのがテイマーってもんだよ。今回の僕の行動は我が子を谷に突き落として放置しただけで……はぁ……ないわ、僕ないわ……」

「別に、勝てる見込みはあったわけだしいいんじゃねえのか？　実際、掲示板を見るにかなりの圧勝みたいじゃねえかよ」

「圧勝とか、圧勝じゃないとかじゃないんだよねぇ……それに、僕今までテイマーとしてまともに指示も出してないしさぁ……」

「いや、自主的に行動して結果を出せるならそれがベストだろ。下手に命令する必要あんのか？ もし俺が敵なら、いちいち指示を出してるのを聞いて行動を予測できる方がありがたいけどな。PvPをする上では、だが」

「PvPとかPKとかあんまし興味ないよ……そもそもこの掲示板の流れがどんどん広がっていくのも嫌だしさぁ……助けて安斎ぃ……」

「お前がそんなヘニョヘニョなのも珍しいな……」

頭を掻いて安斎は言った。

「はぁ、このファミレス結構高いなぁ……もう、何もかも嫌だよ……」

「あぁ？　別にファミレスくらい俺が奢《おご》ってやるよ」

「あ、ホント？　ありがとう安斎。なんか元気出た気がする！」

「おまっ、嵌《は》めやがったな?!」

思わず席を立つ安斎にススス、と駆け寄る店員。

「あの、お客様、店内ではお静かに……」

「あぁ、はい！　すみません！　ほんとすいませんねぇ！　なぁ真ォ！」

「あはは、うるさくしてごめんね。安斎はいつもこうだから、ね……」

痛々《いたいた》しく目を伏せると、店員は同情の眼差しで僕を見た。

「それは……お疲れ様です」

「いや、大丈夫だよ。慣れてるからね。それより迷惑かけてごめんね」

「いえいえ、全然大丈夫ですよ！　ごゆっくりどうぞ！」

店員が奥に消えていくのを見て、安斎は呆然と呟《つぶや》いた。

「……え、俺が悪いの？　お前じゃなくて？」

「まぁ、そういう見方もあるよね」

「そういう見方しかねーよ？　ていうか何をお前店員さん味方につけてんだよ！　しかも結構可愛《かわい》い子をさぁ！」

「安斎、僕の職業《ジョブ》を忘れたの？　テイマーだよ？　あれくらい余裕だって」

呆《あき》れる安斎を宥《なだ》め、僕はしたり顔でオレンジジュースを飲んだ。

◆

「おはよう、チープ」

今日僕が向かい合っているのは安斎ではなく、チープだ。

「よぉ、早速来てくれたか。まぁ、冒険者登録は済ませたみたいで重畳だが……ちょっと色々聞かなきゃならねえことが多すぎてな?!」

僕に聞きたいこと……。

「エトナ？　メト？　それとも、アースかな？

「待て、全員……いや、エトナは分かる。それも聞きたいことの一つだ。だけど、メトとアースって誰だよ」

「エトナはA級冒険者、メトはそれよりちょっと弱いくらいの強さ、アースはそれよりちょっと弱いくらいの強さ、かな？　あ、でも、状況によってはアースが一番強いのかな？　メトは強さ自体まだあんまり分かってないからねぇ……だけど、うーん、ホムンクルスかぁ……」

「……待て。ちょっと待て。影刃と同じくらいの強さの奴が二人？　それにホムンクルスだと？　何を言ってんだお前は？　何イベントをクリアしやがった？」

「二人、はちょっと違うね。ホムンクルスは一人で数えるとして、アースは一匹じゃないかな。数え方としては」

ホムンクルスは、うーん。一体？　いや、一人でいいかな。やっぱり。

「……待てよ、メトって奴がホムンクルスだな？　アースはなんだ？」

「腐敗土竜《アースドラゴン・ゾンビ》だけど」

チープは硬直した。

「…………お、お前、お前それ、アボン荒野の土竜《アースドラゴン・ゾンビ》じゃねえだろうなぁ?!」

「うん、そうだよ」

「てめえええええええッ!!　えッ?!　嘘だろッ!?」

チープが混乱している。ここはひとつ落ち着けてあげよう。

「……嘘じゃないんだぜ？」

「うぜえええええええッ!!」

……そんなに、うざいかなぁ。

「はぁ、分かった。分かっちまったから、取りあえず、そうだな……アボン荒野に行こう。そこでアースを見せてくれ。いいか？」

「うん、全然いいよ」

というわけで、僕たちはアボン荒野へと向かった。

◇

「おっしゃ、着いたな。お前も結構速くなったんじゃねえか？」

「いや、ＡＧＩにはそれほど振ってないかな。ＩＮＴとＭＰに結構振ってる」

テイマーだからね。

「そうか。まぁ、そこは常識的な魔法型みたいで何よりだ」

テイマーだからね。

「それじゃあ、早速出してくれるか？」

「うん、従魔空間《テイムド・ハウス》。おいで、アース」

今は訳あってアースしか入っていない空間からアースを呼び出した。

現れたのは茶色い巨体。強固な鱗と、竜にも似た尾、鋭利な五本の爪、鼻の辺りと、皮膚の所々《ところどころ》がどす黒く染まり、その中で赤い血管のようなものがドクドクと脈を打っている、どこかグロテスクな姿。

「……なぁ、キモいんだけど」

「キュゥ……」

アースは項垂れた。

「おい！　アースが悲しんだだろッ！　謝れよッ！」

「……お前、キャラ変わってね？」

「いや、別に。アースも演技はこれくらいにしてね」

「キュッ！」

勢い良く顔を上げるアース。

「……なんかもう、嫌になってきたんだが」

逆に項垂れるチープ。

「ほら、元気出しなよ。それに、まだ話はあるんでしょ？」

「……ああ、まあな。取りあえず、従魔がスキルを使ってるって話だが、これは問題ない。野生のモンスターにもSPは蓄積してるってのは、知ってる奴は知ってる情報だからな」

へぇ、そうなんだ。

「次に、土竜のゾンビ化だが……もういい。考えるのはやめた。一応聞いとくが、使ったのは

アース
ガーン!!

蘇生擬き《ネクロマンス》・ゾンビだよな？」

「うん、それは間違いないよ」

「おっけ、そこは取りあえず運ゲーで説明がつく。それで……どうやって土竜を倒したんだ？」

あぁ、言い忘れてたが、言いたくないことがあれば言わなくていいぞ」

「うん。まぁ、仲間たちと倒したよ」

「それはエトナとメトだな？」

ん？　違うね。

「いや、僕が土竜を倒した仲間は、アスコル、レタム、ボルドロ、ロアだよ」

「おい、急に新しい登場人物出やがったな。誰だ？」

誰、かぁ。まぁ、説明するよりこうした方が早いかな。

『グォオオオオオオオオオッッ！！！』

ご存じ、音魔術だ。これでロアの咆哮を再現すれば……来た。

「クァ。クァッ、クァッ？　（主か。何か用があったか？）」

ボルドロだ。現在、三匹の意向で彼らをアボン荒野で放し飼いにしている。ロアと同じようなことだ。アースだけは僕に付いてくることを望んだのでいつもは従魔空間《テイムド・ハウス》に入れている。

「いや、用ってほどではないけど……暇ならみんなを呼んでもらえる？」

「クァッ！」

ボルドロは頷くと、凄まじい速度でどこかに消えていった。

「……なぁ、今のなんだ？」

「ボルドロだよ？」

「……岩禿鷲《ロックバルチャー》だったか、そっかぁ、なんか異常に速《はえ》なぁ」

「まぁ、ボルドロは速さが自慢だからね」

あの速度で突撃するのがボルドロの最強戦術である。

「こんな奴が、あと二匹いるってことか？」

「まぁ、そうだね。うん」

「こいつらいたら、ロアの戦いなんて余裕だったんじゃねぇのか？」

「いや、あれはロアの試練だからね。結局、いなくても余裕だったけど」

攻撃が通ってもすぐに回復するのでどうにもならなかったんじゃないかな、とは思う。それに、もしやばくなっても、ロアなら逃げるくらい余裕だろうし。

「まぁ、そうか。次は影刃とホムンクルスの話だ」

「うん、エトナとメトだね」

「どうやって仲間になった？」

どうやって？　どうやってって、そりゃ……、

「テイムでしょ」

チープは硬直した。

「……まぁ、おう。ホムンクルスは分かるぜ。影刃はどうした？」

「え、テイムでしょ」

チープは再び硬直した。

「……もう、お前怖いわ。話通じないもん」

「いや、本当にテ……なんてね。冗談だよ」

チープだから安心して話そうとしたが、流石にエトナのことを話すのは、エトナに聞いてからの方がいいだろう。正体は魔物、とか軽々《かるがる》しく告げられない。

「……だよな？　あぁ、そうだよな。お前女の子テイムするの得意だもんな。あの子もお前に懐いてるしな。ていうかお前美少女ばっかり手懐《てなず》けてんじゃねえよマジでぶち殺すぞ」

真顔で恐ろしいことを言うチープに僕は一歩後退り、それを守るように三体の魔物が出現した。

そう、彼らだ。

「お、おい。なんだこいつら」

「紹介しよう。飛んでるのが岩禿鷲《ロックバルチャー》のボルドロ。地面から顔を出してるのが大蚯蚓《ジャイアントワーム》のレタム。背中から黒い炎が噴き出してるのが大蠍のアスコル。まぁ、見た目で分かるかもだけど、全員ゾンビね」

チープは沈黙した。

「ねぇ、チープ？　聴いてる？」

僕の必死の問いかけを無視してチープは言った。

「……………藪蛇《やぶへび》、だったなぁ」

白い目をして、チープは、言った。

「うん。それで、他には？」

「…………おう。まぁ、もうこれ以上は何も聞かねえわ。俺の精神が保《も》たねえ。あ、でも一つ頼めるか？　最近、腕が鈍《なま》っててなぁ？　手頃な相手が欲しいんだが……」

チープは口角を上げて言った。

「そいつらの誰かと戦わせてくれねぇか？　あ、勿論アース以外な」

アースは流石に無理か。うーん、となると誰がいいかな？　取りあえずチープのレベルと合わせて判断しよう。解析《スキャン》。


人間《ヒューマン》（チープ）　Lv．49　*Player

「ねぇ、チープってやっぱり、結構強い？」

「まぁ、そこそこだな。言っても二番目か三番目くらいには強いクランの副リーダーだぜ、俺。蒼《そう》月《げつ》の双剣、略して『蒼剣』と言えば俺のことだ」

チープは自慢気に言った。実際、自慢できるほどの実力ではあるのだろう。

「一応聞いとくけど、殺しはなしだよね？」

「当たり前だ」

だったら……うーん、そうだね。

「二対一とかどう？　一対一だと、あんまりちょうど良くないんだよね」

一番レベルが高いアスコルでも35だ。

「そうか、なるほどな。……いや、全員来い。三対一でいい。余裕だ」

「へぇ……いいの？　まぁでも、そうだね……そこまで言うなら、僕が勝った時に何か貰える？

僕が貰って嬉しいやつね」

「別にいいぜ？　どうせ俺が勝つからな？」

チープがうざったいドヤ顔で言うので、僕は宣言した。

「よし、みんな準備はいいね？」

というわけで三匹を見ると、10メートルほど距離を離した後に一斉にコクリと頷いたので全員の了承は取れた。

「じゃあ、レディー……ファイトッ！」

「早《はえ》えな?!　まぁでも、俺はいつでもいいけどよッ！」

合図と同時に動き出す両者。だが、先手は青い刀身を持つ双剣を抜いたチープだった。チープは双剣をクロスして構えると、こう叫んだ。

「双斬撃波《クロス・スラッシュウェーブ》ッ！」

まだ5メートルほどの距離があった両者だが、双剣から放たれた光の斬撃が先頭のアスコルを襲う。だが、アスコルは瞬時に青く透き通った美しい結晶と化し、大木も一撃で斬り裂きそうな斬撃を軽い傷だけで凌いだ。更に、その傷も高速再生によって一瞬で完治する。

「おいおい、こりゃ化け物だな、っと！」

ボルドロが反撃とばかりに風烈刃《ハリケーンカッター》を飛ばすが、軽く避けられる。しかし、その先からは凄まじい勢いで水が噴き出し、更に突然軽くなったチープの体ははるか上空へと吹き飛ばされた。

「クケェエエエッ!!」

そこに突撃する猛スピードの鳥、ボルドロだ。結晶化した硬い頭は大岩も簡単に破壊できるだろう。そんな突撃を目の前にしたチープは……。

「しょうがねぇな、こりゃ。……合刃《クロス》、蒼撃《アスル・ゴルペ》」

瞬間、チープの二つの剣が交わり、一つの両手剣と化した。その剣から放たれた青い軌跡を残す一撃は、ボルドロの結晶化した頭でさえも弾いた。

「これを使ったからには……さっさと終わらせねぇとな」

チープは剣を構え直し、後ろから結晶化した鋏を振り下ろすアスコルに打ち付けた。結晶化した部分を攻撃された為に深いダメージこそないが、その衝撃は大きく、アスコルを10メートルほど離れた大岩まで打ち付けた。

だが、チープは安心する暇もない。

レタムの溶解液が足元から噴射され、チープの靴を溶かしきった。チープが慌てて反撃しようとするも、既にレタムはそこにおらず、地中のどこかへと消えていた。

「おい、狡《ずる》いだろこいつッ！」

「あはは、確かにね。でも、そんなこと言ってる場合かな？」

チープの後ろを指差して言った僕の言葉にチープは慌てて振り返るが、そこには誰もいない。代わりに上空からボルドロが奇襲してきただけだった。

「ふざけんなッ！　蒼撃《アスル・ゴルペ》ッ！」

青い軌跡を伴う強力な一撃は、ぶつかる寸前だったボルドロには当たらず、思いっきり空を切った。何故なら、ボルドロは当たる直前で縦に急旋回したからだ。

チープの眼前、空中で一回転し、エネルギーをある程度保ったまま隙をさらしているチープに突撃するボルドロ。

「瞬歩《ステップ》ッ!? やべッ――」

当たる直前、ギリギリで回避したチープを待ち受けていたのは振り下ろされる結晶の鋏だった。クリスタルのように美しいその鋏はチープに直撃し、挟み込みはしないものの、凄まじい勢いで吹き飛ばした。

更に、吹き飛ばされた先にいるのはレタム。レタムは正面に魔法陣を作り出し、そこから鋭い水の刃を無数に射出した。

「風爆弾《ウィンドボム》ッ！」

「クケェッ!! (風爆弾《ウィンドボム》ッ!!)」

暴風を呼び起こし無理矢理軌道を変えて回避するチープだったが、軌道を変えた先で更に風を起こされ元のルートに戻された。

「ぐっ……ッ！」

レタムの水刃に引き裂かれたチープは苦悶《くもん》の声を上げる。

「……ここだッ！」

背後から忍び寄るアスコルの鋏をいつの間にか二つに戻っていた剣を交差させて受け止め、弾き返した。更にチープは剣をバツの字に交差させたまま何かを呟くと、クロスした斬撃が青い光となって放たれ、アスコルの体に深い傷をつけた。

「お前も分かってんだよッ！ 双衛刃《クロスガード》ッ！」

剣をクロスさせて構えるチープにボルドロが突撃する。剣はボルドロの頭と激しく鬩《せめ》ぎ合う。しかし、それを見ていたレタムが地面を水魔術で泥濘ませた。

「うぉッ!?　地面が急に……水かッ！」

結果、チープは踏ん張れずに双剣の守りを突破され、ボルドロの頭突きをモロに受ける。大きく吹き飛ばされたチープは20メートルほどの深さの谷に落とされた。

その後、谷底から何かを叫ぶ声が聞こえ、すぐにチープが飛び出してきた。恐らく大跳躍《ハイジャンプ》だろう。

だが、跳び上がったチープが着地した瞬間、ボルドロが襲い、慌てて回避したチープはまた谷底に落ちてしまう。

落ちゆくチープをアスコルが上から覗き、鋏を掲げると、アスコルの周囲に石の槍が何本か現れ、チープに向けて放たれた。

そのうちの一本をモロに食らったチープは谷底でもんどりうって苦しんだ。だが、その隙を見逃すほど魔物は甘くはない。レタムがヒョッコリと谷の壁から顔を出すと、溶解液をチープに吐き出した。

溶けていく体にチープは苦痛を覚えながらも、なんとか跳躍して上に登ろうとするが、ボルドロの風魔術で叩き落される。

すると、どこから持ってきたのかアスコルが大岩を谷の上から……、

「し、死ぬッ！　ネクロッ！　死ぬからッ！　終わりッ！　降参だッ！」

降参宣言を聞いた僕は大岩を落とそうとするアスコルを止めようとするが、一歩間に合わず、チープを3メートルほどもある大岩が襲った。

……どごーん。

◇

「マジで死ぬかと思ったじゃねーかッ！」

あの後、スキルの効果でギリギリ生きながらえていたチープは僕に文句を垂れていた。まったく情けのないことである。

「うん。それで、僕は何が貰えるのかな？」

「こ、こいつ……いや、いい。落ち着けチープ。約束は約束だ。よし。いいだろう、お前にはコレをやる。多分、結構使えるぞ？」

そう言ってチープが渡したのは卵だった。

「えっと、何これ」

「モンスターの卵だな。中身は謎。ダンジョンで手に入れたんだが、解析《スキャン》してもモンスターの卵としか分からなかった」

なるほどね。僕にうってつけのアイテムではあるけど……、

「僕が貰ってもいいの？」

「ああ、全然いい。元々お前に渡すつもりだったしな。そもそも、俺は育てるのとか面倒臭くて孵《ふ》化《か》させる気にもならねえわ」

「……そうだね。じゃあ、ありがたく貰うよ」

「おう、そうしろ」

チープから卵を受け取り、もう一度よく観察してみる。卵はマダラ模様の縦に50センチはある、大きな卵だ。

「それで、どうやって孵化させるの？」

「持っとけばいつか孵化する。それと、温《あった》めたら早くなるらしいな。ただ、気を付けなきゃいけねえのは、生まれた時に真っ先に自分を見させることだ。そうしねえと、他の奴が親になるからな」

うん、それは面白くないね。

「じゃあ、そんなところで。俺はこの後も予定があるから、もう行くぞ」

「うん。またね」

そのまま凄まじい勢いで走っていくチープを見届けた後、僕はボルドロに頼んでファスティアの近くまで運んでもらった。

◇

「ねぇ、エトナ、メト。僕に足りないモノって何かな？」

三人で並んで歩く中、特に話題もなかったので話を切り出した。

「足りないモノですか？　強さ的な意味ですよね？」

「うん、勿論」

そこそこ強くなったとは思うけど、正直方向性が決まってないところはある。

「うーん、なんですかね～？　筋力？」

何？　筋トレでもしろって？

「……装備ではないでしょうか」

「あー、確かにそうですね。なんですか？　そのボロいナイフ」

ひどいなぁ。この初期ナイフ、結構気に入ってるのに。

「なんですか？　って、僕が初期から使ってるお気に入りのナイフだけど」

「そ、そうですか……でも、弱いですよ？」

「マスター、弱いです」

ボロクソ言うじゃん。

「いいよ、分かった。そこまで言うなら装備を新調しよう」

僕が今着てる服も初期装備の地味なやつだしね。一応色だけは黒にしたけど。

「そういえば、君たちってどんな装備持ってるの？」

「んー、私はこの黒い服は自動修復《オートリペア》と防刃《アンチエッジ》に、魔力吸収素材を使ってますね。このナイフは単に滅茶苦茶鋭いのと、刃毀《はこぼ》れしにくいだけです」

「色々付いてるんだね。それで、魔力吸収素材って？」

「その名の通り魔力を吸収しやすい素材で、魔法を受けた時にダメージを減らしてくれますね。吸収した魔力は修復に使われます」

じゃあ、実質物理にも魔法にも耐性があるってことだね。いや、強くない？

「……じゃあ、メトは？」

「私は剣を魔法で創れるので武器は持ちませんが……この服は自動修復《オートリペア》と魔力強化《マナ・ブースト》を持っています」

「魔力強化《マナ・ブースト》？」

「はい。魔力を注ぐと防御力が上がります。限界はありますが、注いだ分だけ強くなるのでかなり有用です」

何それ、めっちゃ欲しい。

「二人とも自動修復《オートリペア》を持ってるけど、そんなにありふれたものなの？」

「うーん、そこまでありふれてるわけではないですけど……まぁ、匂いや汚れも勝手に落ちますし、洗濯の必要もないので戦闘以外でも便利ですから、人気は高いですよね」

洗濯も要らないのか。ていうか、この世界で洗濯するっていう発想がなかったよ。

「じゃあ、僕も自動修復《オートリペア》は欲しいな」

魔力強化《マナ・ブースト》も欲しいけど、そこまでMPが多いわけでもないしやめておく。

「そうですね、じゃあ……あの店に取りあえず行きましょうか」

そう言ってエトナが指差したのは虹《にじ》色の服の看板が目立つ、『ナタリア付与《エンチャント》服店』という店だった。虹色の服は様々な付与を指しているのだろう。

「いらっしゃいませ」

店に入ってすぐに聞こえてきたのは、落ち着いた女の声だった。

「あ、お久しぶりですナタリアさん！　エトナです。覚えてますか？」

「勿論覚えていますよ。貴女《あなた》ほど綺麗な女の子は珍しいですからねぇ」

ナタリアと呼ばれた中年の女は、エトナと顔見知りのようだ。

「えっと、今日はそこのネクロさんの服を見繕って欲しいんですけど……」

「こんにちは。自動修復《オートリペア》付きで戦闘にも使える服が欲しくて来たよ。色はできれば黒がいいな。なければ灰色」

「あら、戦闘服。だったらそうねぇ……これとかどうかしら」

そう言ってナタリアが差し出したのはオーダー通りの黒い服とズボンだった。

「これはどうですか？　闇蜥蜴《やみとかげ》が素材で、自動修復《オートリペア》は勿論、闇属性親和と気配遮断までありますよ」

一応、解析《スキャン》してみよう。

『闇蜥蜴の皮服』【VIT：35・MND：35】
闇蜥蜴の素材で作られた服。黒く染まったその服は闇の中へと貴方を誘《いざな》う。
［自動修復《オートリペア》：SLv．2、闇属性親和：SLv．1、気配遮断：SLv．2］

なるほどね。うん、便利そうではあるかな。でも、一つ分からないことがある。

「闇属性親和って？」

「ふふふ、私が教えてあげましょう。闇属性に対する防御力が上がったり、消費MPが減ったり効果が上がったりですね。取りあえず、闇属性に関することが大体強化されるってことです」

「この服だと、闇属性に対する防御力が一割増加し、消費MPが一割減少し、闇属性の攻撃力が一割増加します。闇属性を扱う方でしたら非常に強力ですよ」

へぇ、じゃあ結構使えるね。

「うん、じゃあこれで。いくらかな？」

「118,000サクになります」

12万か。

「これでいいかな」

「はい、確かに頂きました。またお越しくださいませ」

「はーい、また来ますね～！」

ひらひらと手を振って僕たちは店を出た。

次に来たのは武器屋だ。

「……どうも」

カウンターの奥に無言で佇んでいる青年を見続けていると、耐え切れなくなったのか目を逸《そ》らしながら口を開いた。

「どうもです！　短剣を求めて来ました！」

エトナが直球で要件を言うと、青年は無言で右側の棚を指差した。そこには様々な短剣が並んでいた。僕はそれを眺めるフリをしながら、全てを解析《スキャン》していった。

「じゃあ、これと……これとかどうかな？」

余りに高い物を除いて最も良さそうなのはこれだった。

『鋼を断つもの《カリュプス・クーペ》』【STR：55】
腕利きの店主が魂を込めて作った一品。鈍《にび》色の輝きを放つその刀身は岩を切り裂き、鋼を断つ。
「鋭利《シャープネス》のルーン：SLv．3、頑丈《デューラボ》のルーン：SLv．2、魔力強化《マナ・ブースト》：SLv．2」

短剣にしては長い刀身を持つ鈍色のダガーだ。順当に考えればこれが一番強いし使いやすそうなんだけど、もう一つ気になった物がある。それがこれだ。

『猛り喰らうもの《フュリアス・イーター》』【STR：18 -stage：1-EXP：0／1000】
血のように赤く染まった刀身は、血を求め、肉を食らい、魂を砕く。……しかし、その暴虐の刃はいつか所持者にすらも牙を剥《む》くだろう。
「自動修復《オートリペア》：SLv．1、自己進化《セルフエヴォルブ》：SLv．1」

30センチ程度の赤い刀身は大きく反り、鋭い刃の反対側はギザギザとした形状になっており、ソードブレイカーとしての役割を持っている。見た目は非常にカッコいい。ただ、説明文は地雷臭しかしない。

「……良い物を選んだな。だが、そっちはやめておいた方がいい」
「それって、この赤いのだよね？」

「……そうだ」

店主は、赤い短剣を軽く振り回す僕に呆れながら言った。

「まぁ、大丈夫だよ。僕は次元の旅人だ。だから、何かあっても死なないし、この剣を次元の狭間《はざま》に放棄してくるくらい屁でもないことだよ」

次元の狭間《インベントリ》にね。

「……そこまで言うならいいだろう。だが、お前の仲間に牙を剥くことがないように、それだけは気を付けろ」

「……うん、分かったよ」

僕の仲間、牙を剥かれたところで大体平気そうなんだけど。

「それで、代金はいくらかな？」

「……230，000」

23万。結構高い。

「はい、これでいいかな」

「……毎度あり。本当に、気を付けろよ」

本当に気を付けろとか言うなら、なんで棚に並べてるんだよ。

「うん、またね」

さっきのようにヒラヒラと手を振って僕たちは店を出た。

◇

僕らは今、ファスティアの次の都、セカンディアを歩いている。

セカンディアはファスティアよりも狭いが、流通の中継地としてかなりの人が入ってくる。しかし、ファスティアと比べると周辺のモンスターも危険で、人も少ない為、冒険者の存在が重宝される街だ。

「よう、アンタら余所の冒険者かい？　紅の森《レッド・フォレスト》が目的ならこの街で稼ぐのはやめときな」

冒険者ギルドの前を通り過ぎる瞬間、赤髪の女に呼び止められた。荒い喋り方に、薄汚れた皮の鎧、使い古された様子の剣。間違いなく、冒険者だ。

「赤髪さん、どうしてですか？」

早速名付けを済ませた様子のエトナは尋ねた。

「簡単な話さ。この街の近くには王級の魔物が出るからね。その化け物にたった三人で遭遇したら潰されて終わりさ」

「へぇ……その魔物って？」

「真紅の巨人《クリムゾン・ジャイアント》だ。紅の森《レッド・フォレスト》で出る」

「んー、聞いたことないなぁ」

多分、紅の森《レッド・フォレスト》のエリアボスかな？　名前だけでも強そうなモンスターだ。これは期待していいかもしれない。

「……アンタ、絵本を読んだこともないのかい。真紅の巨人《クリムゾン・ジャイアント》は文字通りの真っ赤な巨人で、赫鱗《かくりん》っていう赤く輝く超高熱の鱗を纏ってるのさ」

超高熱の鱗に身を包んだ巨人……素手じゃ触れなそうだね。

「ネクロさん、どうやら結構厄介そうですよ？」

……まぁ、確かに聞いた感じはそうだね。流石は王級って感じ。僕は魔物の等級についてはよく知らないけど。

「でも、折角なら行ってみたいよね？」

「ふふふ、ネクロさんならそう言うと思ってましたよっ！」

嬉しそうにエトナが言った。メトの表情はどこか呆れているようにも見える。

「マスター、真紅の巨人《クリムゾン・ジャイアント》のデータは私の記憶にあります。宿屋に戻って情報を共有しましょう。王級の魔物は危険です」

流石はメト。なんでも知ってるホムンクルスだ。多分、創った人たちに色んな情報をインストールされたんだろう。

「おっけー、分かった。じゃあ行こうか。赤髪さんもありがとね」

「本気かい、アンタら？　アタシは忠告したからね？」

「うん、本気だよ。親切にありがとうね」

僕は踵を返そうとして、留まった。

「そうだ。一つ聞きたいんだけどいいかな？」

「……なんだい？」

怪訝そうな表情で僕を見る赤髪の女。しかし、僕は一切怯むことなく質問をする。

「昏き砂丘のカタコンべって知ってる？」

「そのカタコンべってのが何かは知らないね。でも、昏き砂丘なら知ってるさ……昔、あそこにはトゥピゼっていう小さな国があったのさ。このナルリア王国もまだ弱小だった頃ね」

「へぇ、国が？」

僕が予想していたのと全然違う角度の答えが返ってきた。

「だけど、百年以上続いたその国はある日、一夜にして滅びたのさ。その理由は誰も知らない、この話が本当かどうかすらも、ね」

「その割に君は信じてそうだね」

赤髪の女は笑った。

「私は見たからさ。あの空気が淀《よど》み切った暗い砂丘に沈んだ国の跡をね」

「……へぇ」

どうやら、少なくとも国が滅んだって部分は確実らしいね。

「そして、アタシたち冒険者の間じゃ、こんな噂があるのさ」

赤髪の女は、一拍置いて口を開いた。

「今でも、トゥピゼの民はアンデッドになってあの砂丘に囚われてるってね」

と、そこで女の話は終わった。

「色々ありがとうね。参考になったよ」

本当に気を付けなよ、と言って手を振る赤髪に別れを告げて僕たちは先に宿を取った。

◇

「……はぁ、やっと落ち着けるよ」

　僕はベッドに倒れこんで言った。ファスティアからセカンディアはそこそこ疲労の溜まる道のりだったのだ。

「やっと一段落しましたね。ネクロさん」

「そうだねー、本当に疲れたよ」

　ゲーム内なのになんでここまで疲れなきゃいけないんだろうか。悪態を吐きそうになったがこの道を選んだのは僕なのでやめておいた。

「…………ちょっとだけ休もうかな」

　休む。と言ってもログアウトするにはまだ早い。

「ん？　もう寝るんですか？」

　僕は静かに首を振った。

「いや、真紅の巨人《クリムゾン・ジャイアント》は明日倒しに行くってことだよ。今日はちょっと、セカンディアをぶらぶら歩くことにするよ。ちょっと調べたいこともあるしね」

「おー、観光ですか？　いいですねっ！　行きましょう！」

エトナが意気揚々《いきようよう》と立ち上がった。

「ん？　エトナも付いてくるの？」

「え、はい。勿論ですよ。従魔ですから、ご主人様を守る義務があるんですよ」

……ロアの育成の時は来なかったくせによく言うよ。

「じゃあ、メトも行こうか」

「了解しました」

メトはスッと立ち上がり、扉を開けた。気が早いなぁ。

「そんなすぐに行く気はなかったんだけど……まぁ、いっか」

別に部屋にいても掲示板見るくらいしかやることないしね。

僕たちは部屋に入って数分で宿を出た。

◇

三人で並んで街を歩いていると、やけに視線が集まる。その原因は恐らくエトナとメトだろう。

誰が見ても美少女と言える容姿をした二人を連れて歩く僕は多くの男の嫉妬《しっと》の対象になる。

「あ、ネクロさん。あそこの焼き鳥美味しそうですよ？」

暗に食べたいと言っているエトナに僕は呆れるが、やっぱり僕の可愛い従魔だ。甘やかしてしまいたくなる。

「……いいよ。メトも食べるよね？」

「マスター、私は食事を必要としません」

色々とネットで調べたが、基本的にホムンクルスは食事を必要としない。

「うん、だけど味覚はあるし食べようと思えば食べられるよね？」

「……それはそうですが」

何故か不服そうなメトを連れて先に店に歩いていったエトナの元へ向かう。

「私はタレを二本で……お二人は何を頼みます？」

後ろから来た僕たちにエトナは振り向かずとも気付いた。

「僕はタレを一本でいいよ。メトは？」

「……では、塩を一本頂きます」

目を逸らしてメトは言った。

「あいよッ！　タレ三本に塩一本ねッ！」

威勢の良い確認に僕がただ頷いて返すと、店主は鳥肉の刺さった四本の串を差し出した。

「メト、もしかして焼き鳥とか苦手？」

メトに塩味の鳥肉が刺さった串を渡す。

「いえ、そういうわけではありませんが……従魔となった私が主であるネクロ様と共に食事を頂くのは……」

あー、なるほど。そういう風に教育されてるのか。

「うーん、ウチではあんまり気にしなくていいよ。僕はそういう礼儀とかは厳しくないからさ。自分にできないことを他人に強要する気はないよ」

「そーですよ。私を見習ってください」

エトナはちょっと残念すぎるけどね。

「……分かりました。頂きます」

そう言ってメトは焼き鳥を頬張った。最初は仏頂面だったが、噛み締めるたびに表情が解《ほぐ》れていく。

「…………美味しいです」

「あはは、でしょ？」

そう言って僕も焼き鳥を頬張った。

「――ネクロ様、で合っていますか？」

突如背後から掛けられた声。少し驚きながらもゆっくりと振り向いた。

「ん、合ってるけど……君は？」

そこに立っていたのは長い黒髪の女だった。特徴のある顔立ちではないが整ってはいる。この世界には不相応なスーツのような物を着ている。

「申し遅れました。私はガネウス闘技会からの使者、ヘルメールです」

ガネウス闘技会……聞いたことないけど。

「が、ガネウス闘技会ですか?! 遂に私にも声が掛か――」

「違います」

嬉しそうに声を上げたエトナをヘルメールと名乗った女は否定した。

「ガネウス闘技会より、我が闘技場で行われる闘技大会の次元の旅人部門への招待状をネクロ様に贈らせていただきます。ネクロ様の職業は魔物使い《モンスターテイマー》とのことですが、従魔は三体まで連れていくことができますのでご安心ください」

僕の職業まで知ってる……どうやって知ったんだろう。

「ねぇ、僕のことどうやって知ったのか聞いてもいい？」

「我が会に所属している次元の旅人からの情報です。裏も取れているので間違いはないと判断しました」

あー、ロアの一件で知られちゃったのかな。掲示板でもちょっと騒ぎになってたしね。そこまで大きな騒ぎにはならなかったけど。

ただ、今でもネン湿原の平原にはすごく強いオーガがいるっていう話は有名だけどね。

「うーん、そっか。返事は今しないとダメ？」

「いえ、問題ありません。ただ、ここで返事を頂けない場合はこの招待状にサインをしてガネウス闘技場まで届けに来ていただく必要があります」

ガネウス闘技場……一体、何処にあるんだ。

「ねぇ、エトナ。その闘技場って何処にあるの？」

「え？　えっと、ここから船で港町のウオバンに行くじゃないですか。そこから東に真っ直ぐ行った先にあるサーディアって街です。結構大きいですよ」

ファスティア、セカンディア、サーディア。三つ目の街か。

「うん、分かったよ。最後に聞くけど、開催はいつかな？」

「サーディアで行われる闘技祭の日です。つまり、二週間後ということになりますね。ただ、招待をここで受けていただけない場合は一週間以内に闘技場、もしくはサーディアのギルドに申し込みをしていただく必要があります」

あ、待てよ。闘技祭ってのは聞いたことあるよ。確か、三ヶ月に一回あるお祭りみたいなもので、国中の強者《つわもの》を集めて闘技場で競わせるってやつだ。

そもそも、次元の旅人ならばギルドで申し込めば参加はできる。だけど、わざわざ招待が届いたってことは……、

「もしかして、僕ってシード？」

「はい。シード枠として招待させていただきました」

なるほどね。ある程度の強さは保証済みだから予選とかはすっ飛ばしていきなり強者との戦闘に放り込まれるわけだ。

「うん、分かった。今ここで受けたいところだけど……もし用事が入ったら迷惑かけちゃうし、自分で招待状の返事は渡しに行くよ」

「了解いたしました。それでは失礼します」

綺麗なお辞儀を見せてヘルメールという女は去っていった。

「うー、ネクロさん羨ましいです……」

「僕は次元の旅人だから声が掛かっただけだよ。それに、僕よりエトナの方が強いんだから、いつかエトナにも声が掛かるよ。Ａ級冒険者だしね」

そう、エトナは天下のA級冒険者なのだ。滅茶苦茶強ぃのである。

「だけど、そうだね……」

使える従魔は三体。それで、エトナとメトは世間には只の人間で通してるから出せない。となると、アースとロアに加えて……あと一体。あと一体誰かを加える必要がある。

「よし、大会が始まるまでに強い魔物をテイムしよう」

だが、先にするべきことが僕にはある。

「じゃあみんな、僕は図書館に行こうと思うんだけど」

「え」

絞め殺されたような声を出すエトナ。とても嫌そうだ。

「いいよね。じゃあ、行こうか」

「えぇ」

引き留めるように声を出すエトナ。

「いいじゃん。絵本とか好きって言ってたでしょ？　読んどきなよ。僕は調べ物があるんだよね」

「いや、まぁ……好きですけど、英雄譚とか。でも、図書館で堂々と絵本読むのは流石に恥ずかしいですよ？」

別に誰も気にしないでしょ。

「こそこそ読もうとするから良くないんだと思うけど。ていうか、絵本以外にも英雄譚とかあるでしょ。そういうの読んでみたら？」

「いや、字しかない本を読むと頭が痛くなる病に罹《かか》ってるので……」

僕はエトナに白い目を向けつつ、図書館へと歩き出した。

◇

さて、図書館に来たけど……あんまり大きくはないね。探す量が減って嬉しい反面、情報量も少なくなるから複雑だね。

「ふぅ……そもそも、僕もあんまり図書館は好きじゃないんだけどね」

「別に私は図書館が嫌いなわけじゃないですよ？」

でも君、静かにするのとか苦手でしょ。

「マスター、調べ物があるとのことですが」

「ん？　うん、昏き砂丘のカタコンベってダンジョンがあるらしくてね。そこに行ってみたいんだ」

実はあの冒険者の女に話を聞くまではそこまで深い興味はなかったのだが、滅びた国だとかそういう話を聞いて興味が湧《わ》いてきた。それに、幻のダンジョンなんて言うんだから、報酬が美味しくないわけないしね。

「でしたら、私も手伝います」

「あ、ほんと？　因みにエトナは手伝ってくれたりとか……」

「私は絵本を読みます！」

……うん、そっか。

◇

数十分後、僕とメトは関係のありそうな書物をいくつか見つけた。その中でも、特に気になるのがこれだ。

『トゥピゼ王国の地理と歴史』

ド直球なタイトルだが、僕が求めているものであるのは確かだ。

「えぇと……トゥピゼ王国はバリウス帝国から逃れてきた亡命者たちの建てた国だと言われている、と」

バリウス帝国は軍国主義の恐ろしい国だ。圧倒的な軍事力を所持しているらしく、今は停戦中だがこのナルリアとも戦争しているらしい。特に、帝国の最高戦力である帝国十傑は今トップレベルのプレイヤーですら及ばないほどらしい。

「ま、それはいいけど……僕が求めてるのは幻のダンジョンに出会うための情報なんだよね」

見つけられるかは運次第という可能性もあるが、そうでない可能性もある。なら、こうして調べておくのも無駄じゃないはずだ。

「でも、何が関係あって何が関係ないのかすら分からないからね……」

どの情報が手掛かりになるのかすら分からない。僕が既に知ってる情報は、そのダンジョンの見た目が神殿であるらしいことくらいだ。中はほとんど普通の神殿だが、地下へと続く階段が不自然に設置されているらしい。

「神殿っぽいと言えば……地図もあるね」

古い地図を模写したらしいものに、どれがなんの建造物であるかの補足が書かれている。神殿や塔、畑や宮殿など様々な建造物の場所が細かに記されているので、割と役に立ちそうだ。

「マスター」

と、本を読み進めていく僕にメトが声を掛けてきた。

「こちら、面白い記述がありました。関係があるかは分かりませんが、どうぞ」

「ん、ありがとね」

僕はほとんど読み進めた本に別の本のページを噛み合わせてしおり代わりにし、メトの本を受け取った。

『昏き砂丘』

それについて書かれている本の既に開いているページには、風で砂が運ばれることで滅びたトゥピゼの残骸が見え隠れするらしいという記述があった。

「つまり、昏き砂丘のカタコンベが見つからなかったのは砂の下に隠れたり現れたりするからってことだね」

だったら、どうしようか。どうやって砂丘で神殿を見つけようか。

「……どうする？　メト」

「塔と宮殿の頭は埋まることなく見えるとありますので、それを起点に神殿に向かえばいいかと思います。マスター」

いいね。それで行こう。よし、これで行き方は確立できたね。

「あ、ネクロさん」

何かの本を手にこちらに向かってくるエトナ。

「これ、一杯鍵が掛かってたところにあったんですけど」

ん、こいつ何を言ってるんだ？

「えっと？」

「はい、鍵が一杯掛かってて、魔術的な封印もされてたとこです。厳重に鍵が掛かってたので素通りしてきました。でも、立ち入り禁止とかは書いてなかったので多分大丈夫です！」

鍵を掛けるって、それイコール立ち入り禁止だと思うんだけど。

「ていうか、絵本読むんじゃなかったの？」

「いや、飽きちゃったので……なんか、トゥピゼがどうとか書いてある本があったので持ってきました。スパイな気分で楽しかったです！」

楽しかったです、じゃないけど？

「それに、入っちゃ駄目だとしても後で戻しとけば誰も困らないですよ？」

エトナには社会常識と倫理観についての教育が必要かもしれないね。

「……まぁいいや、見せてよ」

「あ、はい。どうぞ」

悪いのはエトナなので、心置きなく僕はこの本を読ませてもらうとしよう。

「トゥピゼ国周辺に出没した公爵級悪魔について」

悪魔……公爵級悪魔はよく知らないが、確か悪魔の中でもかなり高位の者だったと思う。

「えぇと……へぇ」

トゥピゼ王国辺りに出没したという公爵級悪魔はトゥピゼの跡地である昏き砂丘に封印されたらしい。しかもこれ、トゥピゼ王国が滅びたのとほぼ同じ時期だね。こっちの方が少し後ってくらいかな。

「なるほど、面白いね」

出没したとは書かれているが、悪魔による被害については記述がないのも気になる。安直に考えればこの悪魔が滅ぼしたようにも思えるが、まだそうでない可能性も十分残っている。というか、そもそもトゥピゼと悪魔は一切の関係がないことだってあり得るからね。

「どうです、役に立ったでしょう！」

「いや……実は、ダンジョンの行き方についてはもう大体分かってるんだよね」

ぇ、と汚い声を漏らすエトナに僕は本を押し返した。

◇

やって来ました、紅の森《レッド・フォレスト》。

「にしても、赤いね。ここは」

言葉の通り、この森は赤く染め上げられている。葉っぱだけでなく、木の幹から根まで全てだ。落ち葉で覆われた地面も当然赤いし、なんならその間からチラリと見える地面すらも赤い。

いるだけで気が滅入《めい》りそうになるこの森から例の王級魔物は発見されたらしい。

「そうですね。原因は判明していませんが、大抵こういうのは魔物の仕業であることが多いです」

なるほどねぇ、と息を吐くと、僕たちの目の前に体が赤い甲殻で覆われた三メートルほどの熊が木々《きぎ》の間から出現した。

地形だけじゃなく、魔物まで真っ赤なのかよ。この森は。

「メト、お願い」

「了解です、マスター。……破天《ハテン》」

メトの拳は赤いオーラを纏い、Lv.32の紅殻熊《こうかくぐま》に直撃した。

数秒間動きを止めた熊は、目を見開くと突然に爆発四散した。

「……今の、何?」

「破天。本来は体内に衝撃を与えて防御を無視して上まで吹き飛ばす技です。威力が高すぎてこうなりましたが……」

あぁ、うん。そう。

人の見た目をした従魔ってみんな強いのかな……。

「あ、ネクロさん。向こうに何かいますよ。でっかいです」

エトナの気配察知が一体の魔物を捉えた。

僕たちがその魔物の気配がする方に向かうと……最悪の事態に直面した。具体的に言うなら、王級の魔物に襲われている冒険者たちに邂逅《かいこう》した。

「はぁ……二人とも、行こうか」

「はい、マスター」

「はい、ネクロさん」

僕は冒険者たちの方に駆け出し、赤い巨人が踏み潰そうとしている剣士の男を闇腕《ダークアーム》でギリギリ救い出した。

「なんだこの黒いのはッ!? 新手かッ！」

「ハズレ。僕たちは味方だよ」

錯乱する男を宥めるように言ったが、それは逆効果だった。

「馬鹿野郎ッ!! このデカブツには絶対勝てねぇッ!! 俺たちが抑える。だから、今すぐに逃げろッ!!」

「そうだッ！ こいつは化け物だぞ?! 見掛け倒しじゃねぇんだッ!!」

「……私たちはB級冒険者です。邪魔だから逃げてください」

僕たちを助ける為に自分の命を懸けようとする善人な冒険者たちだったが、その願いは叶《かな》いそうにもなかった。

「ウォオオオッッッ！！！ ウォォオオオオオオオッッ!!!!」

「うるさ――――ッ」

その原因は、巨人の咆哮によって僕たちを取り囲むように現れた赤い獣たちである。

鋭い角を持ったサイに、二本の大きな牙が口からはみ出ている虎、群れて一つの塊となっている狼。そして、彼らは漏れなく全員が真っ赤に染まっていた。

「はぁ……これは結構ヘビィだね」

僕は溜息を吐いて状況を確認した。巨人と三十匹程度の魔物の軍勢。アースを呼び出して巨人を任せたいところだが、こういう時に限ってアースがいない。今はボルドロたちのいるアボン荒野に置いてきている。

「エトナ、メト。二人であの巨人を抑えられる?」

「それは勿論できますけど……」

「マスターが危険です」

うん。確かに今の僕一人で強力な魔物を三十匹も抑えるのは難しい……今の僕じゃ、ね。

「僕を信じてよ。それに、この人たちも手伝ってくれる……よね?」

僕は後ろで怯えている冒険者たちに問いかけた。

「お、おう。勿論だっ！　だ、だが、勝算はあるのか?」

「……あはは」

目を逸らして笑ってみると、リーダー格の男がダラダラと汗を垂らす。

「お、おいっ！　信じるからなッ?!」

さて、あいつらをどうにかしないといけない。現在の僕のレベルは46、余りのSPは150でAPは190……よし、決めた。僕はステータスを一瞬で割り振り、スキルポイントを一点に注いだ。

ＳＰを注いだスキルは僕の愛用している……【闇魔術】だ。

スキルレベルが８になった闇魔術には当然八つのスキルがある。

「闇棘《ダークスパイク》」

唱えると、僕の足元から無数の闇の棘が生え始め、それはザクザクと音を立てて三十四以上はいる魔物の群れの方へと向かっていく。

危険を察知して逃げ始めた魔物たちだったが時既に遅く、逃げ遅れた数体の魔物は足元から生え出た無数の黒い棘に串刺しにされて死んだ。

あと二十数体ってところかな。

「っと、闇刃《ダークカッター》ッ！」

油断したところに飛び込んできた赤い虎に闇の刃を発射した。漆黒の刃は虎の首と胴体を一瞬で切断した。この魔法が僕の持つ技の中では最も威力が高い。

しかし、二つの魔法で数を減らされた魔物たちは僕のことを警戒し、距離を取られてしまった。だけど、距離を取られたのは好都合だ。余裕ができたってことだからね。

「……闇騎《ダークウォーリアー》」

瞬間、僕の影がボコボコと湧き上がり、闇が人の形を取ったような、影が立体的になったような、そんな形容し難いナニカが、鎧を纏い、剣を持って現れた。

「掛ける十、ってね」

しかも、その数は一体ではない。ドバドバと影から溢れ出た闇は一つではなく、十体の戦士となった。十体も闇騎《ダークウォーリアー》を出すのはＭＰの消費がかなり激しいが、今の僕のＭＰは２００もある。

二十体生み出しても問題ないくらいだ。

「さぁ、僕の闇騎《ダークウォーリアー》たち。進軍するんだ」

僕の言葉に従い、十体の闇でできた戦士たちは警戒して後退っている魔物たちの方に進み始めた。

ジリジリと下がる魔物たちだったが、その中から一際大きくて強そうな赤いサイの魔物が飛び出してきた。

「ブウォオオオオッッ！！！」

赤サイが大きな角を闇騎《ダークウォーリアー》の一人に叩きつける。剣で受け止めようとする闇騎《ダークウォーリアー》は耐えられず、消滅してしまった。

だが、その場には九体の闇騎《ダークウォーリアー》が残っている。

「今だッ、仕留めろッ！」

僕の言葉に従い、闇騎《ダークウォーリアー》たちが一斉にサイに襲いかかる。漆黒の剣を振り下ろし、サイの肉を削《そ》ぎ取っていく。

闇騎《ダークウォーリアー》の剣の刃は闇刃《ダークカッター》と同じ切れ味だ。つまり、大抵の物は斬れてしまうのだ。今正に、闇騎《ダークウォーリアー》の剣がサイの首を斬り落とした。

「さて、後は……」

虎に続いてサイと強力な魔物は狩り終わった。後は大した力もない赤い狼の群れだけだ。

「闇騎《ダークウォーリアー》、残党狩りだ。適当に倒しといてよ」

僕が命令を出すと、彼らは同時に動き出し、鎧を纏っている割に速いスピードで狼を追いかけていった。冒険者たちもなんとか自分に襲いかかってくる分は対処できたみたいだ。

「エトナ、メト、こっちは終わったよ」

僕が手を振って言うと、エトナは苦しそうに言った。

「こっちは結構キツイですッ、大きいし硬いし、攻めづらいッ！」

「マスター、救援を要請します」

エトナがちょこまかと動き回り、影に潜伏しては現れて斬りつけを繰り返し、真紅の巨人《クリムゾン・ジャイアント》の注意を引きつけて回避に徹していた。

対してメトは攻撃役として立ち回り、隙のできた巨人の体に何度も拳を叩きつけていた。メトの拳術には体内に鎧などを無視して直接ダメージを与える技があるのでダメージは通っているようだったが、そのたびに超高熱の鱗に触れることになるのでむしろメトの方がダメージを受けている。

「おっけー、先ずはメト。君の能力を忘れてない？」

「土魔術ですか？　土魔術はどの技もこの巨人に通用するとは思えませんが」

僕はその言葉に首を振った。

「違うよ。君の体に埋め込まれた大地の精霊核《アースエレメンタル・コア》の力だよ」

ホムンクルスであるメトの核は、大地の精霊《アースエレメンタル》の核《コア》が素材の一つとして使われている。その能力は単純だ。

「そういうことですか。分かりました」

僕の意図を理解したメトが手を真紅の巨人《クリムゾン・ジャイアント》の方に向けると、巨人の足元が水面のようにゆらゆらと揺らめき始めた。

「グッ、グオォ!?」

数秒後、赤い土の地面は泥のように変化し、巨人は深い泥の沼へと沈んでいく。しかし、超高熱の鱗を持つ巨人は泥を焦がし、固めていく。

「……詰みです」

メトが泥沼の中でもがいている肩まで浸かった巨人に手を翳すと、巨人が浸かっている泥沼はジワジワと赤い半透明の石に変化した。

そう、大地の精霊核《アースエレメンタル・コア》の持つ能力は土や石などの大地としての力を持つものの性質や形を好きなように変化させるというものだ。

エトナと戦った時に足元を金属に変換したのもあれの能力である。

「その石は赤狼石《せきろうせき》。耐熱性が高く強度も十分の有り触れた石です。……詰みです。貴方はもうそこから出られません」

「グォォァアアアアアッッ！！！」

硬い赤色の石の中に閉じ込められた巨人は、体を震わせて赤狼石の牢獄《ろうごく》を破壊しようとするが、一切壊れる気配はない。

「……終わり、ですね」

紅の森《レッド・フォレスト》に巣食う巨人との戦いは、呆気《あっけ》なく終わりを告げた。

「さて、真紅の巨人《クリムゾン・ジャイアント》君。二つの選択肢が君にはあるんだけど……」

僕は、赤い石の地面に埋められて頭だけを出している巨人に言った。因みに、冒険者たちにはもし暴れ出したら危険だからと言って帰ってもらった。

「一つは、このまま降参して僕の使役《テイム》を受け入れること」

「グォォ？　グォオオォッ！　（なんだと？　断るに決まっているだろうッ！）」

巨人は大声を上げて僕の提案を拒否した。

「じゃあ、二つ目の提案だ。君を殺して僕の死霊術でゾンビに変えてあげるよ」

「グォッ?!　グオォォ、グォォォァアアアッ!!　（なッ?!　い、嫌に決まっているだろうがッ！）」

巨人は悲鳴を上げて僕の提案を拒否した。

「うん、でもどっちもダメってわけにはいかないんだよね。だから、選んでよ。使役《テイム》を受け入れて僕の従魔になるか、アンデッドとして一生僕に付き従うか」

「…………グッ、グオォォォ（ど、どちらも断る）」

巨人の言葉に僕は呆れながらも微笑みかけた。

「うん、そっか。じゃあ、残念だけどゾンビだね。首を刎《は》ね飛ばしてあげるよ。闇《ダーク》――」

「グッ、グォオオッ！　（ま、待てッ！）」

僕が手を伸ばし魔法を発動しようとすると、巨人は慌てて止めた。因みに、今のは演技だ。ゾンビにするなら首を刎ね飛ばすわけがない。体の欠損率はゾンビ化の成功率とステータスの低さに繋がるからね。もしやるならできるだけ傷をつけずに殺す。

「…………グッ、グォオオ（わ、分かった）」

僕が無言で見ていると、耐えかねた巨人は声を上げた。

「グォオ、グオォォォ（お前の、従魔になってやろう）」

「あ、そう？　良かったなぁ、じゃあ行くよ……使役《テイム》」

僕の指先から迸った光が地面に埋まった巨人を包み込む。すると、それを受け入れたのか光は巨人の中に入り込んでいった。

《『称号：紅の森《レッド・フォレスト》の踏破者』を取得しました》

よし、クリア称号もゲットしましたと。

「はい、使役《テイム》完了っと」

「おー、早かったですね。流石ですネクロさん！」

因みに、使役《テイム》というのは一番簡単な従魔を作る魔法で、契約《コントラクト》とは違い一方的で条件も何もない単なる絶対服従を求める。この魔法は、基本的に平等性の必要がない時や単に知能が乏しい相手に使うことが多い。

「じゃあ、早速だけど……真紅の巨人《クリムゾン・ジャイアント》、君を強くしてあげるよ」

「グォオ？（強くだと？）」

僕は何も言わずに巨人のステータスを開いた。

真紅の巨人《クリムゾン・ジャイアント》Lv．52　ジョブも名前もなし。

HPが515、VITが602とかなり物理に硬く、STRも425と巨人なだけあって強力だ。代わりに、INTとAGIがかなり低いといったところだろうか。

スキルは炎属性耐性と高速再生、咆哮に拳術、種族スキルの真紅の巨人《クリムゾン・ジャイアント》が元から備わっている。

うん、結構いいね。素で高速再生を持ってるのは特にいい。あれは50SPもするからできれば自分では取りたくない。それで、510SPもあると。

そして、この子の種族スキルはどうやら、体のどこでも超高熱にできたり、鱗から熱風やら炎やらを噴き出せたりするらしい。他にも色々と能力はあるようだが。

「うーん、そうだね……魔法系はきつそうだし……」

ＩＮＴが低すぎる。魔術は使えないと考えよう。

「あ、これとか良さそう。あと、これとこれも……」

「グッ、グォォ？（な、何をやっているのだ？）」

警戒する巨人を無視し、僕はＳＰを振り切った。

「……よし、こんな感じでいいかな」

振り分けの詳細だが、先ず悪食を取った。これは食えば食うほどステータスが微量に上昇する成長する必須スキルだからね。

次に、結晶化と投擲だ。何故この二つを取ったかと言えば、こいつの種族スキル【真紅の巨人《クリムゾン・ジャイアント》】と相性がいいからだ。種族スキルはさっき説明したように自身の体の好きな箇所を超高熱にし、炎上させられるというものだ。

つまり何がしたいかというと、鱗を結晶化し、種族スキルによって温度を上げれば超高熱の結晶が出来上がるというわけだ。炎を吹き出す結晶の巨人とかそれだけでカッコいい気がする。

まぁ、ここまでだけならば更に防御力が上がっただけでしかないが、真価はここからだ。結晶化した部分は、たとえ削ぎ落としても術を解除するまでは結晶のままなのだ。

だから、鱗を一枚だけ結晶化して超高熱にし、それを体から剥ぎ取ればそれだけで超高熱の結晶の刃になる。更にそれを投擲すれば大抵の生き物は即死させられるし、相手が大型で一撃で死ななかったとしても体に食い込んだ結晶の刃は超高熱なので刺さった場所からジワジワと溶かしていく。

まぁ、簡単に言えば即席で超強力な投擲用の石を創り出せるということだ。

さて、後はオマケのようなものだが高速再生をSLv．3まで上げた。理由は簡単で剥ぎ取った鱗を一瞬で再生させるためだ。

次に、斬撃耐性と打撃耐性をSLv．2まで取った。高い防御力を活かすためのスキルだ。

最後に跳躍。お決まりのようなスキルだが、効果は強力だ。この図体の巨人ですら簡単に大跳躍することができる。低い機動力を補うスキルということだ。

「あ、それと君の名前はグランね」

「グ、グォオ（わ、分かった）」

割と適当に付けた名前だが語感はいいので良しとしよう。

「じゃあ、グランは僕が呼びに来るまでこの森の中で自由に狩り続けてていいよ。それと、君に与えられた力は理解できてるよね？」

「グォォ、グォオオォォ（できている。突然ではあったがな）」

そっか、じゃあ問題ないね。

「うん。後は分かってると思うけど食べれば食べるほど強くなれるスキルもあげたから殺したら食いまくってね。……じゃ、メト」

「はい」

僕はメトを呼び、グランを指差した。僕の意図を察したメトはグランを埋め立てている赤い石をただの土に変化させた。

「ありがと。じゃ、グランもそれなら自力で出れると思うから。頑張ってね」

「グ、グォオ（わ、分かった）」

因みに、従魔の位置は魔物使い《モンスターテイマー》の力で分かるので問題ない。

「じゃあ、みんな行こうか」

「ん？　何処に行くんですか？　もう帰るんです？」

不思議そうに尋ねるエトナを僕は笑った。

「あはは、まさかでしょ」

「じゃあ、何処に？」

僕は懐から地図を取り出し、ある地点を指差した。

「ほら、地図のここにある……『昏き砂丘のカタコンベ』」

「え、ダンジョンに行くんですか?!」

「マスター、食料の用意は……」

心配そうな二人に対して、僕はヒラヒラと手を振った。

「大丈夫。僕は次元の旅人だよ？　次元の隙間《インベントリ》に食料を入れとくくらい造作もないことだよ」

次元の隙間にね。

「うーん、まぁ、暇になるよりはいいですよね！　でも、流石に三人で落ち着ける時間がなさすぎるので、このダンジョンを攻略したら宿でゆっくりしましょうよ」

「うん、約束するよ。ダンジョンを攻略したらゆっくり休もう」

なんとか二人を説得した僕は、ダンジョンに向かって足早に歩き出した。

◆……ドらどラ視点

「えー、どうも皆さんこんにちは。ドらどラです」

俺はＤｒｙ　Ｒａｄ　Ｌｉｏｎ、略してドらどラ。自分で言うのもなんだが、登録八七万人の大手ストリーマーだ。配信を開始できていることを確認し、いつも通りの挨拶を済ませた。

「今日はですね、紅の森《レッド・フォレスト》を探索していきたいと思います。ただ、今日はいつもとは少し違って……」

そう言って俺は背後を振り向き、約三十人ほどのプレイヤーたちを写した。

「はい、というわけで今回は俺のリスナーたちと一緒にこの森を探索したいと思います。それで、なんで今回はこんな大人数での探索になったかということなんですが……」

瞬間、気配察知が発動して茂みからリスナーの一人に飛びかかる赤い狼を察知した。

「きゃあッ！」

茶髪の女魔法使いに飛びかかった赤い狼を俺は一瞬で真っ二つにした。

「はい、大丈夫。気配察知は持ってるので不意打ちにも問題なく対処できます。ただ、皆さん油断はしないようにお願いしますね？」

「は、はい！　ありがとうございます！」

咄嗟に俺の腕に抱きついてきた女魔法使いを退《ど》かしてチャット欄を見ると、嫉妬した男たちの罵《ば》声《せい》が飛び交っていた。

俺は思わず乾いた笑いをこぼしてしまったが、すぐに気を取り直して森を進み始めた。

「あ、そうだった。なんでこんな大人数でこの森を探索するかという話ですが、簡単な理由です。まぁ、知っている人も多いかもしれませんが……今日、俺たちはこの森のエリアボスを倒しに来ました」

俺はニヤリと笑い、指を一本立てた。

「じゃあ、そのエリアボスに出会うまではそいつの情報でも話しましょうか」

後ろの方では同行するリスナーたちが警戒しながらも話をして交流を深めているので、俺はリスナーたちに向けてエリアボスの話をすることにした。

「先ず、そのボスの名前は真紅の巨人《クリムゾン・ジャイアント》。見た目は名前通りで、真紅の鱗に身を包んだ巨人です」

俺は気配察知で周囲を警戒しながら歩いていく。

「その真紅の巨人《クリムゾン・ジャイアント》は全身が超高熱で、素手で触れれば一瞬でドロッと溶けてしまいます。因みに、この森とここに棲《す》むモンスターが全員真っ赤になっているのはこいつが発する熱に耐えられるように進化していった結果らしいですね」

巨人の話をすると、チャット欄はいい感じに盛り上がり始めた。

「こいつの最も厄介なところは、エリアボス特有とも言えますが咆哮で近くにいる魔物たちを仲間として呼び出すところにあります。その咆哮で大体十四から三十四程度のモンスターが加勢に来てしまいます。そうなると、四人くらいで挑めば囲まれて終わりです」

「え？　そんなことしてくるんですか？」

俺が配信を見ているみんなに話していると、後ろから聞かれた。

「うん。大体は赤狼《レッドウルフ》なんだけど、偶に赤虎《レッドタイガー》とか赤犀《レッドライノ》とか、そこら辺の厄介なモンスターが来ると、十人いてもキツイです」

「へー、勝てるか不安になってきましたねー」

どこかのほほんとした雰囲気の男が言う。確か、こいつは双剣使いでそこそこレベルが高かったから採用したリグラとかいう奴だ。

「まぁ、その為にたくさんのリスナーさんたちから高レベルの方を三十人も募集させていただいたので……流石にどうにかなると思いたいですけどね」

ただ、このエリアボスが討伐されたという情報は二回しか聞いたことがない。

「ん……この足音と気配は……見てください、あれが真紅の巨人《クリムゾン・ジャイアント》です」

俺は森の奥、離れた場所に巨人を発見した。

「遠くから見ても圧巻ですね……よし、急いで行きましょう！」

数分後、漸く巨人の元に辿り着いた俺たちは、茂みに隠れて合図と同時に攻撃することに決めていた。

「準備はいい？　……よし、行くぞッ！！！」

強化ミスリルの剣を構え、茂みから飛び出した。

「自己強化《セルフブースト》ッ、朱斬剣《ヴァーミリオンソード》ッ！」

俺は自分を魔法で強化し、更に魔法で剣にＨＰ吸収効果と威力上昇効果を付けた。

「食らえッ、重殴斬《ヘビースラッシュ》ッ!!」

そして、威力の上がった剣をスキルで重くし、俺の持ちうる最強の威力を巨人に叩き込んだ。

「……グォ？」

しかし、剣は巨人の鱗にわずかに傷をつけただけで終わった。しかも、その傷すら一瞬で再生してしまったのだ。

「いやいや……これ、マズイでしょ」

硬すぎる。全てはその一言に尽きた。

「グォォ……グォオオオオオオォッ！！！」

俺に攻撃され、周囲をプレイヤーたちが取り囲んでいるのを見た巨人は、どこか面倒臭そうに咆哮を上げげた。すると、木々の間からたくさんのモンスターが顔を出し始めた。

「………………二十体くらいか？」

冷静そうに呟いたのは俺と同じ片手剣使いのシン、というプレイヤーだった。彼は俺たちの中では一番レベルが高く、俺は密《ひそ》かに頼りにしていた。

「そうですね、取りあえず先に話していたグループに分かれましょう！　雑魚処理班はシンさんの方に、巨人処理班は俺の方に集合して戦闘を開始してくださいッ！」

巨人処理班二十人、雑魚処理班十人。雑魚処理が終わるまで耐えないといけない。

「取りあえず、死なないことを一番に考えてください。相手の攻撃は絶対に回避ッ！」

そう言って俺は巨人と向き合った。俺が話している間、巨人は詰まらなそうに俺たちを観察していた。……舐《な》められている。間違いなく、俺たちは遊ばれている。

「……向こうは様子を見ているようなので、全員で一斉に攻撃します。自分の中で最大の攻撃力をあいつにぶつけてくださいッ！」

そう言って俺は念の為にもう一度強化を掛け直し、更に剣にもう一つ効果を付与して斬りかかった。他のプレイヤーたちもそれぞれの攻撃を開始している。

「重殴斬《ヘビースラッシュ》ッ！」

「水　刃《ウォーターカッター》ッ！」

「豪炎焦槌《バーニング・ハンマー》ッ！」

「岩石砲《ロックキャノン》ッ！」

攻撃に次ぐ攻撃によって土煙が巻き起こり、様々なスキルのエフェクトで前が見えなくなる。多様なスキルで攻められ続けた真紅の巨人《クリムゾン・ジャイアント》。

流石に巨人の圧倒的な耐久力を以てしてもこの猛攻には耐え切れるはずがない。

「……やったか？」

誰かが、無用な一言を呟いた。嫌な予感がした。土煙が、スキルのエフェクトが、魔法の光が、徐々に消えていく。巨人の姿が露《あら》わになっていく。

「…………グォォ」

いた。土煙の中には、さっきまでと変わらぬ仁王立ちで俺たちを睨みつける巨人がいた。だが、その姿は俺たちの知っている巨人ではなかった。

「……なん、だ？　なんだよ、あれ」

それは、美しい宝石のようだった。

「……おい、おいおい……嘘だろ」

それは、赤く透き通っていてどこか神秘的だった。

「……俺、このスキル知ってるぞ。確か、これって……」

それは、半透明で綺麗な赤色をしていた。

「────結晶化、だろ」

それは、炎を閉じ込めたように真っ赤な結晶の巨人だった。

「ふ、ふざけんなよッ！　なんで結晶化をエリアボスのこいつが使えんだよッ！」

「じょ、情報にねぇ、情報にねぇぞッ!!」

「傷が、傷がどこにも付いてませんッ！」

「こんなの倒せるわけねぇだろッ！　こんなのチートだろうがッ！」

芸術作品のように美しい赤い結晶の巨人はゆっくりと元の姿へと戻っていく。

「……全員、落ち着け。結晶化はＭＰ消費が激しいスキルだ。それも、全身結晶化なんてことをすればかなりのＭＰを消費する。だから、倒すのは決して不可能じゃない」

そこには、いつの間にか合流していた雑魚処理班のリーダー、シンが立っていた。

「……そうだ。みんな、シンの言う通りだ。攻撃し続ければいずれ勝つことはできる。それに、あいつは異常に硬いがわざわざ結晶化を使ったってことは俺たちの猛攻を浴び続ければ危なかったってことだ。俺たちにも、チャンスはあるッ！」

俺とシンの言葉に、リスナーのみんなは少しずつ希望を取り戻していく。

「そ、そうだよなッ、倒せねえボスなんて存在しないからなッ！」

「えぇ、きっとみんなで協力すれば勝てますよね！　私、信じてますっ！」

「いける。なんか勝てる気がしてきた。よっしゃ、みんなで勝つぞッ!!」

さっきまでは絶望していたリスナーたちは、もう完全に希望を取り戻していた。

「よし、じゃあみんなで同時に行、く……ぞ？」

奮起し、同時に襲いかかろうとした瞬間、赤い大きな何かが飛来した。

「お、おいッ、シャクレルスが殺られたぞッ！」

「ゲネイオンもだッ、同時に殺されたッ！」

それは、紛《まぎ》れもなくさっきの巨人の体を構成していた赤い結晶だった。

「な、なんだこれ……結晶か？　熱ッ、やっぱりさっきの――」

リスナーたちの一人が結晶に近づいた。瞬間、紅《あか》い光が視界を奪った。

「ば、爆発したッ?!　結晶が爆発したぞッ!!」

爆発した。リスナーが結晶に近づいたその瞬間、結晶は更に熱を増し、溢れんばかりの炎が結晶の中に満ちたかと思えば一瞬で爆発し、周囲に超高温の炎を撒き散らした。

「お、おいッ、あいつッ、自分の鱗を結晶化して剥ぎ取ってるぞッ！」

「し、しかも結晶が真っ赤になって……来るぞッ！」

自分の鱗を結晶化し剥ぎ取った巨人は、それを凄まじいスピードで投げつけた。

「が、ガナンドーッ!!」

結晶が真横に落ちたガナンドという男は、爆発した結晶によってぐちゃぐちゃに吹き飛ばされ、残った肉片も爆発と同時に撒き散らされた超高熱の炎で灰になった。

「く、クソッ、みんなッ、一斉に行くぞッ!!　ビビってたら殺されるッ!!」

俺の言葉で全員が動き出し、巨人にプレイヤーたちが殺到する。

「……グォ」

新たに結晶化した鱗を剥ぎ取った巨人だが、プレイヤーたちは目前まで来ている。しかし、巨人は落ち着いた様子で一鳴きすると……

「と、跳びやがったッ⁈」

紅の森の木々をも跳び越える大ジャンプを披露した。

「ま、マズイッ、また来るぞッ！」

しかも、跳躍した巨人は俺たちから距離を取りつつも空中で赤い結晶を投擲した。

「クソッ、マルコスが殺られたッ‼」

「それよりもッ、早く近づかねえと次の結晶が来――」

一瞬で二人。結晶を投げつけられて殺された。連続して投擲される赤い結晶の爆発で逃げ場をなくした俺たちは次々《つぎつぎ》に殺され、ものの数分で残り五人になっていた。

「や、やっと近づけたってのに……ッ」

「もう五人しか残ってねぇッ！」

残ったメンバーは最初の女魔法使いにシン、そして俺と男が二人だ。

「でも、もうやるしかない。行くぞッ、みんなッ‼」

何度この号令を繰り返したか分からないが、それでもタイミングというのは合わせる必要がある。

俺が最初に音頭をとって突撃した。

「グォオッ‼」

が、鬱陶しいとばかりに結晶を投げつけられる。

「甘いッ、その攻撃はもう何回も見てるッ!!　風烈刃《ハリケーンカッター》ッ!」

投げつけられた結晶を瞬歩《ステップ》で避け、その後の爆発を大跳躍《ハイジャンプ》で回避しつつ巨人の眼前まで跳び上がり、左手から強烈な風の刃を発射する。

「グォオオッ!!」

眼球に風烈刃《ハリケーンカッター》を浴びればこいつでも流石に怯みはするはずだ。

「今だッ、みんなッ!!」

隙ができた巨人に全員で攻撃する。魔法が、剣が、槍が、スキルが、様々な攻撃が一瞬にして巨人を襲い、次々と超高熱の体に傷をつけていく。

「まだまだッ、円斬撃《サークルスラッシュ》ッ!!」

空中で回転しながら斬撃を食らわせ、顔面から腹までのラインに傷をつけた。

「行きますッ、焦炎落石《バーニング・メテオ》ッ!!」

空に浮かんだ魔法陣から巨大な岩石が炎を纏い、巨人を目掛けて落ちてくる。

「……グォオオオオオオッ!!!」

爆炎、土煙、それらが俺たちの視界を遮った。しかし、今度は巨人も悲鳴を上げている。どうにか、どうにか倒れてくれ。

「……グゥ、オォ」

視界が晴れた。そこには、膝を突く巨人の姿があった。巨人は傷だらけで、肩の鱗は剥げて少し潰れている。

「あと、もう少し、もう少しかッ！」

「グォオッ!!」

「ぐぁあああああッ!!」

立ち上がった巨人が大きな腕で薙ぎ払い、突撃した男を吹き飛ばした。

「ドラドラ、これは……」

「そう、だな。もう、無理かな……」

男を吹き飛ばした巨人。さっきまで傷だらけで膝を突いていた巨人。あと少しで倒せるはずだった巨人。

「そ、そんな……もう、傷が……」

そう、その巨人は、既に全ての傷が塞がり、潰れた肩も再生し終わっていた。

「……大体、十五秒程度で完治か」

「そう、だな。勝てなかった、かぁ……」

俺は呆然とした様子で吹き飛ばされた男が巨人に食われるのを見ていた。

「や、やめろッ！　俺を食うんじゃ――」

食われた。

「ぼ、僕はまだ死にたくな――」

食われた。

「た、助けてッ、ドらどラさんッ！」

食われた。

そして遂に、巨人の視線が俺の方に向いた。シンは既にいない。どうやら逃げられたようだ。おめでとう、と賛辞を贈ってやりたい。

巨人が俺の体を掴み、持ち上げた。既に抵抗する気力はない。

さて、俺も食われるか……いや、待てよ。食われる？

「………まさかッ」

倒した相手を、食らう？

普通のことだが引っ掛かる。だが、そもそもこいつは最初から異常だった。聞いていた話とは比べ物にならない強さ。異常だ。明らかに異常だ。

そして、こんなことが昔にも一度あった。少しこの界隈を騒がせたあの出来事。

「……解析《スキャン》」

そこに表示されていたのは、予想通りのレベルと……予想通りの表示だった。

真紅の巨人《クリムゾン・ジャイアント》（グラン）　Lv．53　＊従魔：ネクロ

「……やっぱり、か。やっぱり、またお前か、ネクロオォオオオオッッ！！！」

真紅の巨人《クリムゾン・ジャイアント》が無慈悲に俺を食らう直前、俺は顔も性別も知らないプレイヤーの名を魂の限りに叫んだ。

「……でも、やっぱり……配信的には、最高……かも……」

俺は巨人に噛み砕かれながら呟き、息絶えた。

第六章　砂丘のダンジョン

◆……ネクロ視点

　どんよりとした雲が空を覆い尽くす砂丘を歩き、襲いくるミイラとかグールとかをぶっ飛ばし続け、漸く砂の中から頭を出す宮殿を見つけた。

「ふぅ、やっと宮殿が見つかったね」

　メトが暗記し、模写した地図を見る。塔は既に見つかっているので、宮殿と塔の間を探せば神殿は見つかるはずだ。

「塔があっちだったかな？」

「そうですね、じゃあ、神殿はどこになるんですかね？」

　遠くに宮殿の頭が出ている。どちらもボロボロで正に残骸といった感じだが、まだ原型は留めてくれていたようだ。

「私が塔からの距離と角度は記憶しているので、神殿の位置は既に推測可能です」

「すごいね。じゃあ、案内は任せるよ」

　流石はホムンクルスだ。人間には不可能なレベルでの記憶と計算ができるらしい。

「長いと嫌ですね……もう、この砂だらけは嫌です」

「ここから約200メートルほどですので、そう時間はかかりません」

へぇ、じゃあすぐだね。良かった。僕もこの砂地獄は嫌だった。

少し歩くと、メトが急に立ち止まった。

「恐らくこの辺りです。探知します」

メトが跪《ひざまず》き、地面に手を当てた。すごいね、そんなこともできるんだ。

「……見つけました」

メトは少し先へと歩き、立ち止まると……地面が蠢き出した。

◇

砂の中から現れた神殿、その中に僕らは躊躇《ためら》うことなく入っていった。

「……結構暗いね」

神殿のような建物に入ると、中は数本の松明《たいまつ》だけで照らされた仄暗い空間だった。建物の中央には地下に続く不自然な階段がある。

「そうですね、地下はもっと暗いんですかね？　まぁ、私は元々暗いところでも見える種族なんですけどね」

「私も暗視能力があるので問題ありません」

「……僕も取ろうかな、暗視スキル」

実際、ロアとかグランとかアースとかが各地で大暴れしてくれてるお陰で僕のレベルは勝手に上がっているし、紅の森《レッド・フォレスト》を踏破した時の称号でSP、APを100ずつゲットしているので取ろうと思えば取れる。それに、暗視スキルは50SPとかなり高いが僕の闇魔術とは相性が良い。

「よし、取得しよう」

僕はスキルショップから暗視スキルを選択し、取得した。

「えーと、パッシブスキルだけどオンオフと出力は変えられる……かな」

どのくらい明るくするかを自分で設定できるようだ。取りあえずいつもと変わらない程度まで明るくしておいた。が、なんか雰囲気がないのでもう少し暗くした。

「よし、これでいいかな。じゃ、行こうか」

僕は二人を連れて地下へと続く階段を下りた。

昏き砂丘のカタコンベ、それがこのダンジョンの名前だ。そして、地下墓所を意味するカタコンベと名が付くからにはアンデッド系の魔物が多く出現するのだろう。

「……すごいね、なんだか石畳の迷宮とは違って本当に墓地みたいだ」

「そうですね、気持ち悪いです……」

暗く狭い通路の壁には頭蓋骨が大量に埋まっており、まともに眺めていると結構気持ち悪い。できるだけ見ないようにして三人で歩いていると、少し先に部屋を見つけた。

「ネクロさん。その部屋、いますよ」

「おっけー、じゃあ頼むよ二人とも」

エトナの報告を聞いた僕は二人の後ろを歩き、部屋に入った。

「……来ます」

広めの部屋には無数の棺桶《かんおけ》があり、何匹ものスケルトンがボロい剣を持って歩いていた。

「ゔぁ、ゔぁぁぁあぁ……」

先ずはスケルトンを倒そうと僕が闇の魔法を行使しようとすると、棺桶の蓋が持ち上がり、そこからミイラが現れた。

「ゔぁぁ、ゔぁぁあぁあぁぁ……」

更に、その一匹を皮切りに続々と棺桶が開いていき、ワラワラとミイラが現れ始めた。

「マスター、ミイラが十二体、スケルトンが二十四体です」

「うーん、まぁミイラとかスケルトン程度なら好きに倒していいよ」

「その言葉を待ってましたよネクロさんっ！」

凄まじい勢いで飛び出していったエトナは我先にとモンスターを狩り始め、メトが加わる頃にはスケルトンが数匹残っているだけだった。

「……やっぱり強いなぁ、僕には不相応なくらい」

「どうですかっ！　あの程度の魔物なら一瞬ですよ！」

褒めてっ、とばかりに近寄ってくるエトナの頭を適当に撫《な》でる。

「うん、すごいね。流石だよ、エトナ。……それに、メトもありがとね」

「いえ、問題ありません」

メトはエトナに呆れたような視線を送っている。僕も送りたいところだが、従魔は甘やかす主義なのでエトナもメトも褒めておこう。

「……よし、じゃあそろそろ行こうか」

一部屋通るたびにこんなことをしていたらキリがない。さっさと進んでしまおう。

「むぅー、まぁいいですけど……あ、この先に敵がいますよ」

「うん、やっちゃっていいよ」

そう僕が言うと、エトナは通路の向こうに駆け出していき、腕を黒く染め上げ、刃の形に変化させてミイラの首を刈り取った。

「やりましたよー、でもなんかぬるくないですか？」

「まぁ、まだ一階層だからね。これから強くなるんじゃない？」

基本的に、ダンジョンというのは進むに連れて敵が強くなっていくものだ。更に、その階層の最後には強力なモンスターが待ち受けている。それがフロアボスだ。

「確かにそうですね……なら、フロアボスに期待ですね！」

が、このダンジョンはその定番を外している。

「残念だけど、それもまだかな」

「まだ……って、どういうことですか？」

エトナが不思議そうに僕を見る。メトも少し気になっているのか、さり気なく僕の方を見ている。

「先ず、このダンジョンはまだクリアされてないんだけど、話によると地下十階まで存在が確認されてる。そして、このダンジョンはかなり特殊なんだ」

「マスター、特殊とは一体？」

遂にメトも話に加わってきた。

「うん、このダンジョンは大抵のダンジョンの基本を外してるんだ。具体的に言うと、このダンジョンは一階層から五階層までフロアボスがいない」

「え、いないんですか⁈」

エトナが驚いたように言った。

「うん、いないんだ。代わりに六階層から十階層まではフロアボスしかいない」

「フロアボスしかいない……って、どういうことです？」

「どういうことも何も、そのままだよ。こういう風に部屋が一杯あったり通路で雑魚が出てきたりしない。ただ一階層につき一つボス部屋があるだけなんだ」

「あー、分かってきましたよ。前半は雑魚しかいなくて後半はボスしかいないってことですね？」

エトナの答えに僕は頷いた。

「そうだよ。まぁ、多分だけど前半で勝てないのは初心者だけだね」

「なるほど、じゃあこのダンジョンは結構難易度高いってことですか？」

「そうだね。何がじゃあなのか知らないけど、少なくとも僕たち次元の旅人の間ではまだ攻略者は出てないらしい」

そうやって話しながら歩いていると、地下二階へと下りる階段を見つけた。

「よし、じゃあ六階層まではサクッと行きましょう」

僕たちは更に下へと歩みを進めた。

　数十分後、サクサクとダンジョンを攻略していった僕たちは遂に六階層、もとい地下六階に辿り着いた。六階層の階段を下りた先には、重厚な扉があり、重たい威圧感を放っていた。

「開けますよ。マスター」

　二人には既にテイマーの各種バフを掛けてある。準備は万全だ。

「うん、開けちゃって」

　この中ではSTRが一番高いメトが重い扉を開けた。

「……スケルトン、ですかね？」

　部屋の中央奥には、重厚な盾と鎧に大剣を装備した大柄なスケルトン。周りには中央のより貧相ではあるが金属の鎧と槍や剣などの武器を装備したスケルトンが四体立っていた。

　結論から言えば、このスケルトンたち以外にモンスターはいなかった。

「……だけど、結構強いね」

　解析《スキャン》してみた結果、真ん中の大きいのが【骸骨戦士長《スケルトン・チーフ》：Lv．43】周りの四体が【骸骨戦士《スケルトン・ウォーリアー》：Lv．39】だ。油断はしない方がいいだろう。

「エトナと僕は周りのを殺るから、メトはあの大きいのをお願い」

　僕は腰に差した二本の短剣を抜いて構えた。

「分かりました！」

「了解です」

　二人も準備が整ったようなので、部屋の中で待ち構える骸骨どもに僕たちは突撃した。

「闇棘《ダークスパイク》ッ、闇刃《ダークカッター》ッ！」

僕の影から生えた闇の棘が地面を伝い、骸骨戦士《スケルトン・ウォーリアー》のうち二体に枝分かれして襲いかかるが、飛び退いて回避され、その回避先を狙った闇刃《ダークカッター》も盾に防がれてしまった。

「結構戦闘慣れしてるね、流石は種族から戦士なだけはあるよ」

真っ先に攻撃した僕を標的にした二体は僕の方に走って近づいてくる。残りの二体はエトナの元に向かったようだ。

「闇棘《ダークスパイク》ッ、闇騎《ダークウォーリアー》ッ！」

僕は近づかれないように闇棘《ダークスパイク》を発動し、その後にすかさず闇騎《ダークウォーリアー》を創り出した。時間がなかったので二体しか創れなかったがしょうがない。

「闇騎《ダークウォーリアー》、僕を守れッ！」

二人の闇の騎士に前に立ってもらい、僕を守らせる。

「闇腕《ダークアーム》ッ！　闇刃《ダークカッター》ッ！　闇刃《ダークカッター》ッ！」

相手の影から無数の闇の腕が生え、闇騎《ダークウォーリアー》と戦おうとした二体の骸骨を拘束する。拘束自体は数秒で引き千切られるが、その数秒で十分だった。闇騎《ダークウォーリアー》が拘束された骸骨たちに抱きつき、更に拘束をしたところを闇騎《ダークウォーリアー》諸共、二重の闇刃《ダークカッター》で真っ二つにした。

二体の骸骨戦士《スケルトン・ウォーリアー》を倒し、余裕ができたのでエトナの方を見ると、既にスケルトンを倒し終わっており、メトの加勢をしていた。

「……僕も負けてられないね」

二人は既に骸骨戦士長《スケルトン・チーフ》を圧倒しており、メトの重たい一撃がボスの防御を崩し、そうしてできた隙をエトナが攻め立て、着実にダメージを与えていた。

「闇腕《ダークアーム》」

骸骨戦士長《スケルトン・チーフ》の影から無数の闇の腕が生えて大柄なスケルトンの体を掴んだ。そして、その隙を二人が見逃すわけがない。

「ナイスですネクロさんっ！」

「支援に感謝します、マスター」

体勢を崩した骸骨戦士長《スケルトン・チーフ》をメトが殴り飛ばし、倒れかけたスケルトンの首をエトナが刈り取った。

「やったっ！　倒しましたよッ！」

「うん、みんなありがとね。結構硬かったけど倒せて良かったよ」

「そうですね、防御力だけは突出していました」

軽くさっきの戦いを振り返りながら僕たちは次の階層に進んだ。

◇

仄暗い道を進み、階段を下りた先にはまた新たな扉があった。それはさっきと変わらない見た目で、どこか荘厳な雰囲気を感じさせる。

しかし、扉の奥から感じる威圧感がさっきとは段違いだ。

「ネクロさん、間違いなくさっきの骸骨より絶対強いですよ」

「そうだね、僕もそんな気がするよ」

しかし、ビビっていては始まらない。僕は取りあえずテイマーの各種バフを二人に掛けた。

「……よし。じゃあメト、扉をお願い」

「了解しました。マスター」

メトがゆっくりと扉を開いた。

「……ゾンビ、ですか？」

扉の向こうにいたのは間違いなく四体のゾンビだった。一体は部屋の奥にある玉座に座り、王冠や煌《きら》びやかな宝石を身につけ、高級そうなマントを着ているが、その手には2メートルほどの巨大な剣を握っている。残りの三体は騎士風の鎧と剣を身につけており、真ん中の一体を守るように立っている。

「――――如何《いか》にも。我はゾンビである」

突然、四体のゾンビのうちの一体が喋り始めた。その一体とは真ん中の玉座に座っている王冠をつけたゾンビだ。

「ぞ、ゾンビさんって喋れるんですか？」

「ククク、喋れる者もいれば喋れない者もいる。ゾンビ化して理性を持つ者もいれば失う者もいるのだ。そして、王たる我には理性が残った。残ってしまったのだ」

王冠をつけたゾンビはどこか寂しげに語った。

「ねぇ、君って生前の記憶とかあるの？」

「勿論あるとも。我は元々この地の王であった。滅ぼされたこの国の、な。そして、この階層より先に待ち受ける者たちも我と同じ王であった。一つ前の階層の骸骨は兵士だがな」

あー、骸骨戦士長《スケルトン・チーフ》たちのことだね。

「じゃあ、次の質問だけど……どうしてこのダンジョンを守ってるの？」

「守っている……か。それは少し違うな」

ゾンビは憎々しげに語り始めた。

「我々は守らされているのだ。……この地下墓地に眠る者の封印を、な」

「へぇ、それって悪魔？」

だとしたら、エトナが持ってきた本の内容に近づける。

「ククク……まぁ、それは次の階層の王にでも聞くが良い。そろそろ、ダンジョンからの命令に逆らうのも限界だ。お前たちを殺せと、そう魂に命令が下っているのだ」

王冠をつけたゾンビは立ち上がり、手に持った剣を構えた。

「じゃあ、最後に二つだけ。地下に眠ってる奴の封印を解いたらどうなるの？」

「……我々は解放されるだろうな。このダンジョンの存在意義が消えるのだから」

「おっけー、任せてよ。じゃあ、最後ね。僕はネクロ。君の名前は？」

王冠をつけたゾンビはそこで初めて笑った。ニヤリと、人の良い笑みを浮かべた。

「四代目トゥピゼ国王、シェルニースだッ!!」

シェルニースと名乗ったゾンビは完全に命令に逆らえなくなったのか、躊躇なく剣を振りながら僕らに突撃してきた。

「エトナッ、王様の相手をお願い！　僕たちは先に取り巻きを倒すッ！」

一応解析《スキャン》したが、シェルニースは【ゾンビキング：Lv．45】で取り巻きは【ゾンビナイト：Lv．41】だ。かなりキツイが、いけるはずだ。

「闇刃《ダークカッター》ッ！」

様子見に闇刃《ダークカッター》を放つ。が、いくら足が遅いゾンビと言えどこの雑な攻撃程度は避けられるようだ。しょうがない。

「……待てよ？」

今の僕には暗視があるし、他の二人も同じだ。そして、さっきのスケルトンはそもそも眼球がなかったので視覚に頼っていないと判断したが……このゾンビたちは今、目をパッチリと開き僕を睨みつけている。つまり、視覚に頼っているということだ。

「……よし、必殺技のお披露目だ」

このゾンビどもに暗視能力がないことを祈りつつ、僕は魔法を発動した。

「闇雲《ダーククラウド》」

瞬間、部屋中に闇でできた雲が発生した。部屋中に充満した闇雲《ダーククラウド》により、普通ならば視界は真っ暗闇の中だ。

勿論、暗視の力を持つ僕たち以外はだけどね。ゾンビナイトたちは目が見えなくなり困り果てているのか、剣を構えて右往左往している。

しかし、ゾンビキングことシェルニースは違ったようだ。

「……ネクロさん、あの王様ゾンビ、絶対見えてますよ」

「やっぱり？　僕もそんな気はしてる」

シェルニースは、暗闇の雲の中でも僕たちをしっかりと睨みつけていた。どうやら、暗視スキルを持つ僕と同じように闇の雲の中がくっきりと見えているようだ。

「メト、目が見えなくなったゾンビナイトたちをお願い。僕たちであいつの相手をするよ」

「了解しました、マスター」

僕の指示に従ってメトは駆け出し、ゾンビナイトを後ろから思い切りぶん殴っていた。

「見えないだけが闇雲《ダーククラウド》の強みじゃないよ。闇棘《ダークスパイク》ッ！」

最早お馴染《なじ》みの闇の棘が僕の手の辺りから生え、空中を伝ってシェルニースに襲いかかった。そう、この闇雲《ダーククラウド》というのは僕の影と同じ判定がある。

だから、本来は自分が触れている影、つまり足元を起点にしかできない闇棘《ダークスパイク》も全体が僕の影判定の闇雲《ダーククラウド》さえあれば、僕の体のどこからでも闇棘《ダークスパイク》を発生させられ、闇雲《ダーククラウド》がある場所ならどんなルートでも闇棘《ダークスパイク》を伝わせることができる。

つまり、闇雲《ダーククラウド》さえあれば僕の体のどこからでも闇棘《ダークスパイク》を発生させられるし、地面以外にも空中を伝わせて攻撃することができるようになったということだ。

「……ッ」

言葉は発しないが、シェルニースは四方八方から襲いかかる闇棘《ダークスパイク》の対処に困り果てている。

「闇腕《ダークアーム》」

なんとか闇棘《ダークスパイク》とエトナの猛攻を避けて防いで凌ぎ続けるシェルニースの体を、ビッシリと闇の腕が包み込んだ。

そう、この闇腕《ダークアーム》も本来は視界内の影からしか出現させることはできなかったが、闇雲《ダーククラウド》のある場所ならどこからでも生やすことができる。

今やったように、敵の周囲から生やしまくって拘束し続けて行動を阻害することもできる。

「ナイスですネクロさんっ！　だったら私もとっておきです…………滅光蝕闇《シャット・オブスキュリテ》」

瞬間、この部屋に満ちていた全ての闇と光がエトナに吸収され始めた。

「エト、ナ、これ、は……ッ！」

わずか数秒で光も闇も消え、暗黒がこの部屋を支配した瞬間、突き出されたエトナの手の平から漆黒に染まった形状が不安定な球体が発射された。

その球体はそこまでのスピードはなく、むしろ遅いとさえ言えたが、何故か体が重くなり動けなくなった僕たちは膝を突き、ただその漆黒の球体が着弾するまでの様を眺めていた。

「眩し――――ッ」

黒い球がシェルニースに触れた瞬間、黒い球体は一瞬でシェルニースを包み込み、そのすぐ後に眩い光が溢れて僕たちの視界を一瞬だけ奪った。更に言えば僕は叫び声を上げたはずだったが、その声は完全に消えていた。

「なん、だ、これ……」

焼けた視界が元に戻り、なんとか目を開くと、シェルニースがいたはずの場所には何一つ残っていなかった。最早意味が分からない。

「ふふふ、これは私の必殺技です。闇魔術ではないのでネクロさんは使えませんよ？」

当たり前だ。闇魔術のスキルレベルはエトナよりも僕の方が高い。しかし、なんだろう。種族スキルか職業スキルだろうか。

「あれは……うん、すごかったね」

「ふふんっ、あれは吸収した闇の力で重力を発生させて相手を動けなくして相手を包み、吸収した光の力で闇に包まれた敵を消滅させる必殺技です」

闇の力……？　そういえば、重力魔術は闇系統だった気がする。闇属性ではない。

「必殺技……そっか、すごい必殺技だね？」

「そんなに褒められるとくすぐったいですよ？　それよりもネクロさんっ、さっきのすごかったです！　あれこそなんですか！」

「あー、闇雲《ダーククラウド》と闇棘《ダークスパイク》とか闇腕《ダークアーム》とかの組み合わせね。一応言っとくけど、僕と同じ闇魔術が使える君なら、普通にあれもできるからね？」

エトナはガクッと固まった。

「えっ！　や、やり方を聞いてもいいですか?!」

「勿論だよ、と言っても、全然簡単だけどね……」

シェルニースたちを倒した僕は、エトナに闇雲《ダーククラウド》と他の闇魔法の合わせ方を説明しながら歩いた。

数分後、僕たちは次の扉に辿り着いた。

「えっと、ここが確か……」

「八階層だね。地下八階だよ」

「そう、それです！」

僕はエトナを冷めた目で見つつ、バフをばら撒いた。

「因みに聞くけど、エトナ。さっきの必殺技って撃てる？」

一応、MPはポーションを飲ませたので問題ないはずだ。

「もう十分魔力は溜まったので撃てはしますよ。ただ……あれって発動前の隙が結構大きいので普通に戦ってたら撃つ暇はないですね。しかも、一回だけしか撃てません」

「いや、一回でも撃てたら十分だよ」

そっか、だったら上手く僕たちで隙を作る必要がある。

「……よし。じゃあメト、いつでもいいよ」

「了解しました。では、扉を開けます」

メトが重い扉を押し開けると、そこにはさっきとほとんど変わらない配置で敵が待ち構えていた。玉座に一体が座り、周りには三体の取り巻きがいる。

さっきと違うところは、ゾンビがミイラに変わったことと、王が剣を持っていないことだ。

「――よく来た、若人《わこうど》たちよ」

そして、玉座に座っているミイラは仰々しくそう言った。

「さて……先の戦い、見事だった」

「ん？　まるで見てたように言うね」

ミイラの王は笑った。

「ハッハッハ、まるでも何も、見ておったのだ。元々王であった我々は理性ある存在としてこのダンジョンに縛り付けられている。故に、ダンジョンに侵攻した者たちの動きを観察して対策できるようになっている」

うわ、つまりそれってさっきの戦法も見られたってことだよね。

「当たり前だが、あの部屋を埋め尽くした闇もシェルニースを消滅させたあの謎の力も、当然見ていた。その上で、味方でいられる今のうちに一つ警告させてもらおう」

味方のうちに……ダンジョンに意識を呑み込まれる前に、ということだろう。

「先ず、我と我から先の王たちにあの雲は効かん。我は単に暗視を持っているだけだが、我より先の王たちは闇を払う力を持っている。使うだけ無駄だ。この先では使わない方が良いだろう」

「うん、忠告ありがとね」

はいはい、この人は暗視があってこっから先のボスは雲そのものを払われるよ、と。

「さて……まだ余裕はある。聞きたいことがあれば聞くと良い」

「じゃあ遠慮なく聞くけど、封印されてるのって悪魔？」

「よく知っているな……その通り、悪魔だ。このダンジョンには高位の悪魔が封印されている。砂の下に埋もれた我々はアンデッドとして呼び起こされ、ある男に悪魔の封印を守るためのダンジョンモンスターとしてこの地下墓地に魂を縛り付けられたのだ」

やっぱり、悪魔なんだ。にしても、結構えげつない話だね。

てことは、あの本が隠されてたり、このダンジョンの情報が極端に少ないのってこの悪魔の封印を解放される危険があるからなのかな？　そもそも、このレベルの封印じゃないと封印できない悪魔ってどれだけ強いんだろう。本当に開放して大丈夫か不安になってきたね。

「そっか……まぁ、安心して。僕たちが君たちの魂を解放してあげるよ」

「それができるならばありがたい話だが……しかし、本当に悪魔の封印を解く気なのか？」

僕は笑顔で頷いておいた。

「勿論。それに、心配は要らないよ。……僕は魔物使《モンスターテイマー》いだからね」

僕の言葉に王様は一瞬呆気にとられたが、すぐに大声で笑い始めた。

「ハッハッハ、そうかそうか。悪魔を使役する気か？　それは良いな、面白い。この砂の下で久し振りに笑ったぞ。……ならば、どうか頼む。我々の……トゥピゼ国の民をどうか救ってくれ」

「勿論だよ。僕たちを信じて、安心して任せてよ」

そう言って僕は二人に目配せした。

「じゃあ、最後に名前を聞いていいかな？」

その質問を聞いた王様は決意を決めたように立ち上がり、構えた。

「三代目トゥピゼ国王、グランジェスだ……参るッ！」

「グランジェス、いい名前だね。僕はネクロで、後ろの二人はエトナとメトだよ」

当然僕も名乗りは忘れず、二本の短剣を構えて僕はグランジェスを迎え撃った。

ミイラの王ことグランジェスは【ミイラキング：Lv．48】で、取り巻きのミイラは【ミイラアサシン：Lv．43】らしい。

「マスター、ボスの相手は私に任せてください」

ボスのミイラ、グランジェスは魔法を使ってくる気配もない。どうやら、メトと同じく拳で戦うタイプらしい。

「分かった。ボスは頼むよ！」

そう言った瞬間、取り巻きのミイラたちが見た目にそぐわぬ機敏な動きで飛びかかってきた。

「闇刃《ダークカッター》ッ！」

ミイラたちの腕が僕を掴む寸前、金属よりも鋭い闇の刃が射出されてミイラたちに直撃した。

「キ、カヌ。ワレワレ、ニハ……キカン」

しかし、直撃したはずのミイラたちは吹き飛ばされただけで、切り傷ができた程度のダメージしかなかった。

「へぇ、結構硬い……ていうか、君たちも喋れたんだね」

「私もボスしか喋れないのかと思ってました」

取り巻きのミイラたちは、片言だが言葉を喋り、意思の疎通ができる。それでも襲いかかってくるということは、やはり体を止めることはできないのだろう。

「シャベル、ダケナラバ、デキル。ダガ、ウゴキハ、トメラレンッ！」

「そっか、無理に喋らせてごめんね。闇雲《ダーククラウド》ッ！」

闇の雲が僕の元から溢れ出し、部屋中に充満した。

「ムダダ、ワレラハ、フカキヤミノナカモ、ヒカリノモトト、カワラズミエル」

「別に、視界を封じることが目的じゃないよ」

僕の目的は単に闇棘《ダークスパイク》や闇腕《ダークアーム》の有効範囲と効力を強化したいだけだ。と言っても、これは次の階層からは封じられるようだけどね。闇を払う力があるらしいから。

「キヲツケロヨ……ワレワレノツメハ、スルドイゾ？」

「ッ！　闇棘《ダークスパイク》ッ！」

ミイラの言葉と同時に、僕に向かってくる二体のミイラの爪が異常に伸びた。

「その鉤爪《かぎづめ》みたいなの、ミイラって全員できるの？」

僕の記憶が正しければ雑魚敵として出てきたミイラはそんな爪なんて使わなかったはずだ。

「ミイラダカラ、デキルワケデハ、ナイ。ワレワレガ、アサシン、ダカラダッ！」

あー、そういえばそんな種族だったね。

なんて呑気《のんき》なことを考えている僕に二体のミイラが襲いかかってくる。さっきの取り巻きゾンビとは違って理性を保ってるせいか、動きが良い。なんていうか、戦闘慣れしてる動きだ。

「危なッ、闇棘《ダークスパイク》ッ！」

僕は自分の身を守る為に闇の棘を出現させ、壁のように目の前に張り巡らせた。

「闇刃《ダークカッター》ッ、闇腕《ダークアーム》ッ！」

闇の刃が直撃し、ミイラは吹き飛んだ。更にその先に闇の腕を展開して拘束した。

「僕の攻撃力じゃ足りない……だったら、時間を稼げばいい」

「闇騎《ダークウォーリアー》」

僕じゃ殺せなくても、攻撃力の高いエトナならきっと殺せるはずだ。

吹き飛ばされた二体のミイラが僕に向かってくる。が、その間に僕は三体の闇騎《ダークウォーリアー》を創り出した。

エトナの方をチラリと見ると、片方は倒せているようだった。あと少し、あと少し時間を稼げばいいはずだ。

「……ムダダ、壊塵爪《ブレイク・クロー》」

一体のミイラが長い鉤爪を掲げると、その爪は暗い赤のオーラに包まれ、ミイラはそれを思い切り振り下ろした。

「マズい、一体やられたッ！」

新しい闇騎《ダークウォーリアー》を創ろうとしていたのを中断し、もう一体のミイラが振り被った爪を二本の短剣で受け止めた。

短剣を実際に戦闘に使ってみると、一切取り回しが分からない。

かといって、もう下手な魔法で隙をさらすことはできない。闇刃《ダークカッター》はもう何度も見せて慣れてしまっただろうし、闇腕《ダークアーム》をこの状況で使っても無駄だし、闇騎《ダークウォーリアー》なんて以ての外だ。一瞬で隙を突かれて殺されるだろう。

今はただ、片方のミイラを闇騎《ダークウォーリアー》二体で相手しているのが唯一の救いだ。

「クソッ、僕も短剣術を取得しとけば良かったッ！　闇槍《ダークランス》ッ！」

僕は迷った結果、まだ見せていない最速の闇槍《ダークランス》を射出し、ミイラに直撃させた。闇刃《ダークカッター》を警戒していた様子のミイラは意表を突かれて避けられなかったようだが、当たったところで闇刃《ダークカッター》ほどの威力は当然ない。少し怯ませただけだ。

「ここだッ！」

だが、怯ませた隙は見逃さない。鋼を断つもの《カリュプス・クーペ》で首を掻っ切り、猛り喰らうもの《フュリアス・イーター》をミイラの眼球に突き刺した。

痛覚がないのか悲鳴も上げないミイラだが、明らかに動きが鈍った。

「闇腕《ダークアーム》」

動きが緩慢になった今ならこの拘束も意味を成す。目に刺さった猛り喰らうもの《フュリアス・イーター》を抜き、鋼を断つもの《カリュプス・クーペ》を胸に突き刺す。

「これで、死んでくれよッ！」

僕は片手に残った猛り喰らうもの《フュリアス・イーター》をミイラの喉元に突き刺した。

「グッ、ウゥ……ドウカ、タノンダ、ゾ……」

そう言ってミイラは消滅した。と同時に、猛り喰らうもの《フュリアス・イーター》が鮮烈に赤く光った。なんだ、と思い反射的に解析《スキャン》した。

『猛り喰らうもの《フュリアス・イーター》』【STR：36 -stage：3 -EXP：1321／3000】
血のように赤く染まった刀身は、血を求め、肉を食らい、魂を砕く。……しかし、その暴虐の刃はいつか所持者にすらも牙を剥くだろう。
［自動修復《オートリペア》：SLv．3、自己進化《セルフエヴォルブ》：SLv．3、体力吸収《ライフドレイン》：SLv．1］

あぁ、そういえば自己進化《セルフエヴォルブ》とかあったね。うん、忘れてたよ。使ってなさすぎて。どうやら、この能力はこの短剣を使って倒さないと意味がないらしい。

それと、体力吸収《ライフドレイン》とかいう能力は今までなかったやつだから、進化で得た能力なんだろう、きっと。

「……さて、それどころじゃないね」

ミイラと戦っていた闇騎《ダークウォーリアー》たちは、今正に赤い爪で叩き潰されたところだった。しかし、再度出すには余りにも近すぎる。

「……闇刃《ダークカッター》」

放たれた闇の刃をミイラは跳び越えて回避した。あわよくば距離を取りたいという僕の願いを踏みにじったミイラは、鉤爪を赤く光らせて僕の方へと飛んでくる。

「マズいッ、闇槍《ダークランス》ッ！」

超至近距離、僕は空中のミイラに闇の槍を撃ち放ったが、鉤爪に掻き消された。

「……受け止めるしか、ないッ！」

避けられる余裕はもうない。故に、この二本の短剣で受け止める他に道はない。

「う、ぐぁッ！　くッ、ナイフがッ！」

上から振り下ろされる鉤爪を受け止めた結果、僕のナイフは二本とも弾き飛ばされた。

「闇《ダーク》……闇刃《ダークカッター》ッ！」

一瞬、闇腕《ダークアーム》でナイフを拾うか考えてしまった。結局は闇刃《ダークカッター》を放ったが、その思考の隙がマズかった。

「くッ、そッ！　痛いなぁ!!」

痛覚設定をオンにしている僕は現実ほどではないが、体を引き裂かれる痛みを受けた。クソ、痛い。こんなことならオフにしとけば良かった。

だが、そんなことを考えている隙はない。もう、今正に鉤爪が僕の頭を……ッ！

「――――銀聖閃刃《フラッシュエッジ》」

瞬間、銀色の光が僕の視界を一瞬だけ支配した。僕の目が正常に戻った頃には、ミイラの首は地面に落ち、首筋から銀色の光を放ちながら消滅していくところだった。

「……すみません、ネクロさん。遅くなりました」

「ありがとう、エトナ。正直、死ぬかと思ったけど死んでも僕は大丈夫だからね」

僕がそう言うと、エトナは少し怒ったような顔をした。

「ダメです。嫌ですよ、ネクロさん。たとえ生き返るとしても、ネクロさんが死ぬところなんて見たくないです。第一、絶対に生き返れるなんて信じられません」

「いや、大丈夫だよ。僕を信じ――」

「信じられません。ネクロさんは信じられても、ネクロさんが信じていることは信じられません。もしかしたら、失敗してそのまま死ぬかもしれないんですよ？　何より、私たちが心配します。だから、ダメです。絶対、死んでいいなんて思っちゃダメです」

エトナは真剣な眼差しで僕を見ていた。表しようのない感情に、僕は口を開けたまま、言葉を探していた。結果、辿り着いたのはシンプルな言葉だった。

「……………うん、分かったよ。約束する」

思えば、僕たちの視点とこの世界に暮らす人々《ひとびと》の視点は大きく違うんだろう。僕らはいくらここが大切でも、心のどこかでは仮想の空間だと思っているし、死ぬことなんてあんまり恐れていない。だけど、この世界に暮らす人々は、エトナやメトたちは、本気でここで生きているし、僕たちのように死を軽く見ていない。

本来、一回だけで終わりなのが死というものだ。そんな当たり前の死生観を僕は、僕たちは忘れていたのかもしれない。

「分かってくれたらいいんです。じゃあ、メトさんのところに行きましょう。そこまで苦戦はしてないみたいですけど」

メトを見ると、ボスのグランジェスと激しい拳の打ち合いを繰り広げていたが、メトは一撃も拳を食らわず、グランジェスを何度も殴りつけていた。要するに、メトは割と圧倒していた。正直言って余裕そうではあったが、決定打がなさそうだ。

「…………漸く終わりか」

グランジェスは加勢に来た僕たちを見て呟いた。自由に動かせない体というのはかなりの苦痛なのだろう。グランジェスはどこか安心したように見えた。

「うん、終わらせに来たよ。じゃあ、エトナ。僕とメトで抑えるから……例のアレ、お願い」

「分かりました」

一つ返事で頷いたエトナは後ろにヒョイと飛び退き、手の平を突き出した。

「闇腕《ダークアーム》、闇腕《ダークアーム》、闇腕《ダークアーム》ッ！」

大技を放とうとするエトナを潰す為に駆け出そうとしたグランジェスを、僕は何度も何度も闇腕《ダークアーム》で拘束した。何度千切られても周囲から何本でも生えてくる闇の腕をグランジェスはどうすることもできず、ただもがいていた。

「……いきますっ！　滅光蝕闇《シュット・オプスキュリテ》ッ！」

瞬間、この部屋に満ちていた全ての闇と光がエトナに吸収され始めた。

光も闇も消え、暗黒がこの部屋を支配した瞬間、突き出されたエトナの手の平から形状が不安定な漆黒の球体が発射された。

そして、その球体が発する異常な重圧に僕たちは膝を突いた。

「…………我々と民を、どうか頼む」

黒い球体がグランジェスに触れた瞬間、黒い球体は一瞬でグランジェスを包み込み、そのすぐ後に眩い光が溢れ出し、僕たちの視界を奪った。

「勿論だよ、グランジェス」

視界が正常に戻り、なんとか目を開くと、例のごとくグランジェスがいたはずの場所には何一つ残っていなかった。ただ、寂しげに玉座があるだけだ。

「……終わりましたね、ネクロさん」

「ああ、終わったね」

全てが消え去った後、何故だか少しの間この部屋を静寂が支配していた。

「次は九階層です、マスター。あと、二階層でクリアです」

「うん、そうだね。……よし、頑張ろう」

こうして僕たちは八階層を攻略し、次の階層へと続く階段を下り始めた。

◇

今日で四度目になる扉との邂逅、その向こう側からは強烈な威圧感と死の匂いが漂ってくる。察してはいたが、今回の相手も尋常ではない。

「じゃあ、メト……行こうか」

僕が使えるバフは既に掛けてある。本気で行こう。

「はい、扉を開きます……ッ！」

扉の奥にいたのは、黒い骸骨だった。その骸骨は玉座に座り、頭には豪華なティアラを載せて黒い布のドレスを纏っており、骨だけの手には紅い宝玉が嵌め込まれた大きな杖を持っている。その足元では、炎を纏った黒い骸骨の狼が伏せていた。

「ネクロさん、相手が骨だからって油断しないでください。これは、只のスケルトンなんかじゃないです。多分、あの人は……」

エトナが緊張した面持ちで片手にナイフを構え、片腕を黒く染め上げた。

「――――ええ、貴女の考えている通り……私はリッチです」

リッチ、それはアンデッドの中でも特に強力な魔物。しかも、知性を持ち強力な魔法を容易《たやす》く行使する厄介な魔物だ。

解析《スキャン》すると、人型の方が【リッチ：Lv．53】で狼の方が【獄炎の死狼《ヘルウルフ》：Lv．51】とあった。ヘルウルフの方は聞いたことはないが、リッチならある程度のことは知っている。

「みんな、リッチの手には触れないようにね」

「ええ、そうした方が良いでしょう。私に触れられると一瞬で衰弱して死ぬでしょうから」

リッチがすかさず肯定する。にしても、喋り方、服装、声、どれを取っても女の人だ。女王の時代もあったのだろうか。

「えっと、一応話を聞いてもいいかな？　ここまでみんなの話を聞いてきたからさ、気持ち良く話してから逝った方が成仏しやすいと思うんだけど」

僕の言葉にリッチは笑った。

「ふふ、成仏ですか。そういえば、そんな言葉もありました……さて、私の話ですか。私は、二代目トゥピゼ国女王のラディアーナです。トゥピゼ国がきちんとした国の形になったのは私の代ですが……国興しの話は、十階層で待っている私の夫から、初代国王から聞いた方が良いでしょう」

夫が初代国王で妻が二代目の王、か。少し気になるけど、今はそれどころではない。

「一応聞きたいんだけど、初代国王さんってどんな力を使うの？」

「それも夫から聞くのが良いと思いますが……そうですね、普通に剣を使いますが、最初に見た時はビックリするかもしれませんね？　それに、私も含めて今までの階層主とは比べ物にならないくらい強いと思いますよ？　ふふふ」

ラディアーナは上品に笑った。

「さて、お喋りはこのくらいにして……そろそろ、始めましょうか？」

「うん。そうしようか……よし、全員で協力していこう」

相手の数は二体だ。戦力を分散するよりも、全員でカバーし合って戦うのが一番賢いように思えた。

「あぁ、忘れていましたが、この子は私のペットのフレンです」

「フレンとラディアーナ、ね。僕はネクロ、そしてこっちが……」

「あ、エトナです」

僕は二人に視線を向けた。

「……メトです」

二人は言いながらも戦闘の構えを取った。

「あらあら、二人とも可愛いわねぇ……妬《や》けちゃうわ？」

そう言ってラディアーナが杖を掲げると、空中に無数の魔法陣が浮かび始めた。

「みんな、散らばってッ！」

互いが回避の邪魔にならないように一旦散らばりつつ、僕は燃え盛る黒い骨の狼……フレンをターゲットにした。

「……闇壁《ダークウォール》」

魔法陣から発射されたのは光の槍。しかし、標的は僕たち三人をバラバラに捉えており、光の槍は分散して発射された。そして、一人狙いじゃない分散した攻撃程度なら闇壁《ダークウォール》でも防げる。

「ふぅ、ＩＮＴにたくさんポイント振っといて良かったよ」

じゃないと防げはしなかった。チラリと二人を見ると、どちらも上手く回避したようだった。

「なかなかやるわねぇ……頑張って、耐えて頂戴ね？」

ラディアーナがもう一度杖を掲げる。しかし、宙に魔法陣が浮かぶ寸前にエトナが駆け出してリッチに巨大な刃と化した黒い腕を振り下ろした。

「ッ！　……貴女、速いわね。これなら、ストラにも……いや、どうかしらね」

ラディアーナは難なくエトナの攻撃を回避し、何やら独り言を言いながらも杖を再度振り上げた。

再度エトナは妨害しようとするが、それをフレンが阻止しに走る。

「闇腕《ダークアーム》、闇棘《ダークスパイク》」

フレンの影から闇の腕が無数に生えて駆け出したフレンの足を掴み、転倒させた。更に転んだところに闇の棘が襲いかかる。

因みに、闇雲《ダーククラウド》はグランジェス曰く、払われるだけらしいから使わない。

「バウッ！」

フレンは一鳴きすると大きく跳び上がって闇棘《ダークスパイク》を回避し、体に纏っている炎を更に燃え上がらせた。

この感じ、何か来そうだ。

「くッ、なんで攻撃が当たらないんですかッ！」

「慣れてるから、かしらねぇ？」

エトナの猛攻がラディアーナを襲うが、攻撃は掠りもしていない。しかし、魔法の阻害はできているようだ。

「バァアアウッ!!」

エトナの方に気を取られた一瞬の間に、フレンは宙に浮いたまま、体に纏った炎を口に溜めて吐き出した。巨大な紅蓮《ぐれん》の火球が僕を目掛けて飛んでくる。やばい、避ける手段がないぞ。それに、この威力の攻撃は闇壁《ダークウォール》でも防げない。

「鉄壁《アイアンウォール》、烈風拳《レップウケン》」

瞬間、僕の目の前に鉄でできた壁がせり上がり、それに火球が直撃して溶かされたかと思えば、視界の端から現れたメトが緑のオーラを纏った拳を突き出すと、強風が吹き荒れて小さくなった火球を掻き消した。

「すみません、支援が遅れました。マスター」

「いやいや、助かったよメト。ありがとね」

実際、かなり助かった。今の火球を食らえば死ぬことこそなかっただろうが、かなりの致命傷を負う羽目になっていたところだった。

「……すごいね」

結局、エトナは一人でラディアーナを抑え切れている。だとすれば……あの骨の狼を倒してエトナに合流するのが一番いい、かな？

最初の命令はどうやら間違いで、僕はエトナの実力を見誤っていたようだ。エトナは、僕が思っているよりもずっと強い。

「…………反省は後で、かな」

だけど、今はこいつらの相手だ。先ずはなんとかあのワンコを倒さないといけない。

「メト、取りあえずあの狼から倒すよ。支援は任せてね」

「了解しました。行きます」

メトはすぐに駆け出し、赤い石の剣を作り出すとフレンに斬りかかった。全身が炎に包まれている相手に拳で挑むのは危険だと判断したのだろう。

だが、メトは剣技も一流だ。きっと前衛は問題なくこなしてくれるだろう。

「闇腕《ダークアーム》、闇棘《ダークスパイク》、闇棘《ダークスパイク》、闇棘《ダークスパイク》」

影から伸びた無数の闇の腕に拘束されたフレンはなんとかメトの剣を躱しながらも、拘束を解いた。が、その瞬間に三方向から同時に闇の棘が迫った。

「アオオォォオオンッ!!」

しかし、フレンはその場から動かずに体中の炎を巻き上げながら大声で吠《ほ》えた。当然、三方向からの闇棘《ダークスパイク》が全てザクザクと突き刺さり、フレンは地面に縫い付けられた。

当然、その隙をメトが見逃すわけもなく、フレンの頭蓋骨を剣で叩き砕いた。

「……そういうことか」

ふとエトナの方を見ると、エトナの足元から紅蓮の炎が噴き出していた。巨大な火柱にエトナは思わず飛び退いた。これで、ラディアーナが魔法を使う隙ができてしまった。

フレンが逃げもせずに留まっていたのは、この技を使っていたからだったのか。

しかし、フレンは倒した。結局はもう三対一だ。そう簡単に負けることはないはずだ。

『古《いにしえ》より続く炎王の契り、今ここで我が果たさん。獄炎王槍《ヘルファイア・ギガランス》』

エトナがラディアーナの元に駆け出すが、遅かった。ラディアーナの後ろに巨大な魔法陣が浮かび、エトナに狙いをつけた。

「ッ！　闇槍《ダークランス》ッ！」

すると、エトナは天井に向かって闇槍《ダークランス》を放ち、それに触れると……、

「影避闇転《シャドウシフト》ッ！」

突然、エトナの姿がどこかに消えた。そして、魔法陣から現れた巨大な炎の槍は何もない場所を通り、壁にぶつかって消えた。

「闇腕《ダークアーム》」

「暗殺投擲《アサシンズ・スロー》ッ！」

エトナの姿を見失った僕たちだったが、上から聞こえた声で漸くエトナの姿を捉えた。

「……お見事、でした」

しかし、姿を捉えた頃にはもう遅い。ラディアーナは自分の影から伸びた無数の腕に拘束されて

動けず、エトナを見上げた瞬間には頭蓋骨を短剣が貫いていた。

「貴方たちならば、きっと……ストラ、を……」

パキリ、と音を立てて頭蓋骨にヒビが入っていき、数秒後にはパラパラと崩壊した。

「ストラ、それが次の階層主《フロアボス》なのかな」

「多分、話を聞いてる感じそうだと思います。初代国王さんですよね」

僕は完全に消滅したラディアーナを見て、エトナに聞いた。

「エトナ。さっきのアレ、どうやったの？」

「えっと、影避闇転《シャドウシフト》ですかね？　種族スキルですよ。影とか闇の中に入ることができるの、ネクロさんも知ってますよね？」

あぁ、なるほど闇槍《ダークランス》とかの闇そのものを具現化したものにも入ることができるのか。それでエトナは天井付近まで一瞬で逃げて回避した、と。

「なんというか……流石だね、エトナ」

「ふふふ、そうでしょう？　なんと言ってもA級冒険者ですからね！」

A級冒険者ってみんなエトナくらい強いのだろうか。そうだとしたら恐ろしいね。まぁ、多分そんなことはないと思うけど。掲示板やチープから聞いたA級冒険者はもう少し弱い。エトナなら二対一でも勝てるくらいだろう。

「それと、メト。ありがとう。助かったよ」

「いえ、マスターを助けるのは私の義務ですので。どうかお構いなく」

メトはペコリと頭を下げた。

「勿論、僕も従魔を守る義務と責任があるからね、今度は僕が守るよ。できればね」

そもそも、メトの方が強いので僕がメトを守るシチュエーションってなかなかないと思う。

「まぁ、何はともあれ九階層突破です！」

「そうだね。みんな、ありがとう。……じゃあ、次は相当やばそうだし……気を引き締めていこうか」

次の敵は第十階層、待ち構えるのはダンジョンボス。初代国王のストラだ。ラディアーナの話だと剣が得意らしいけど……まぁ、人型なのは間違いなさそうかな。

「よし、じゃあ少し休憩したら次の階層に行こうか」

僕は今までの全ての相手を超える強敵の予感に身を震わせた。

◇

階段を下りた先にはいつも通りの扉が待ち構えていた。しかし、最後のボスの割に今まであった威圧感というものが伝わってこない。

「……ネクロさん、この扉。なんだかさっきまでとは違いますよ」

「そうだね。こう、のしかかってくるような威圧感みたいなのが全然ないね」

まぁ、取りあえず入ってみないことには何も進まない。

「メト、お願い」

「了解しました、マスター。……開けます」

少し緊張した面持ちで、メトは思い切り扉を開けた。

「――待っていたよ。君たちがここに来るまでの道のりを、ずっと見てたんだ」

そこには、赤い髪と目の普通の少年が地面に胡座《あぐら》をかいて座っていた。パッと見た感じ、17歳とかそこら辺だろうか。だけど、どう見たって魔物には見えない。

「先ず、君たちの疑問を晴らしておく」

そう言うと、少年は口を開けて自分の顔を指差した。

「僕はグールだ。聞いたことあるだろ？　人間を食べる魔物、グールだ」

真っ赤な少年の口内には、人間のものにしては些《いささ》か鋭すぎる牙があった。

「グール、ね」

僕はその単語を口の中で転がしながら、取りあえずの思いで解析《スキャン》した。

グール　（ストラ・スラスト）　Ｌｖ．87

「……ぇ」

レベル、87？　エトナですら60台だよ？

「あれ、そんなに驚くことかい？　グールって、一般的な魔物のはずだけど」

「……いや、ごめん。なんでもないよ」

こいつ……正真正銘化け物だ。死霊術でアンデッドにされても、レベルというのは元のままなんだ。それなのに、レベル87ってことは、相当生前に戦ってたことになる。だけど、それなのにこんな子供みたいな見た目をしてるって、おかしい。

死体をそのままグールやゾンビのアンデッドにすると、見た目は当然その死体の状態のままになる。若返ったりなんてしないんだ。

つまり、この赤髪の少年は人だった頃から異常だったってことになる。その歳でレベルを87まで上げるとか、普通はできない。

「……君の、人だった時について聞きたいな。生まれてから、国を作るまでの話を」

赤髪の少年、ストラ・スラストは快く頷いた。

「先ず、僕はかなり特殊な固有スキルを持ってバリウス帝国に生まれた。そのスキルの名は血魂昇禍《ブラッディソウル》。能力は、僕自身の命を……つまり、寿命を消費してその分だけのステータスを一時的に得られるスキルだった……あ、勿論寿命なんてない今は使えないけどね？」

固有スキルというのは唯一無二で他の誰も持っていないスキルだ。極稀《ごくまれ》に、固有スキルを持って生まれてくる子がいるという設定らしい。にしても、最悪のスキルだね。言ってしまえば、命の前借りだ。

「それで、その力を使って帝国の兵士として上り詰めていき……気付けば、15歳で帝国最強の剣士になっていた。今もあるのか知らないけど、帝国十傑っていう帝国の中でも最強の戦士を十人集めた組織の第二位になれた」

帝国十傑……確か、今もまだあったはずだ。高レベルのプレイヤーたちが帝国十傑の一人に軽くあしらわれてボコられてた動画は僕も見た。圧倒的だった。

「度重なる険しい戦いの中で、異常にレベルが上がって、能力を使わなくても剣技と身体能力だけで大抵の相手には勝てるようになってた。まぁ、流石に僕の仲間……同じ帝国十傑相手には勝てなかったけど」

ふぅ、とストラは一息吐いた。

「だけど、その辺りで僕は気付いた。いや、耐えられなくなったんだ。……帝国の闇の部分に、ね」

帝国の闇の部分、なんだろうか。

「今はどうか知らないけど……あの時の帝国は、強者至上主義なところがあったんだ。だから、弱者は追いやられ、スラム街で暮らした。そして僕は、虐げられる貧民たちを、弱者だと突き放された民を、見捨てることはできなかった。目を背け続けることは、できなかった」

ストラの言葉に段々と力が籠っていき、遂には傷が付くほど拳を握りしめた。

「そして僕は、帝国人の中でも僕を慕ってくれる人や帝国から逃げたい人を集めた。その中には、同じ帝国十傑のメンバーも一人いた。そして僕は、ある日の夜に貧民たちを集めて約二千人で国から逃亡した」

ストラはフッと息を吐き、落ち着いた。

「勿論、国から逃げる道はすぐに閉ざされたし、追っ手もいた。だけど、僕の仲間にも優秀な人は多くて、ギリギリでなんとかなった」

「へぇ、帝国十傑は襲ってこなかったの？」

「いやいや、勿論襲ってきたさ。特にキツかったのは僕の仲間にいる一人を除いた全ての帝国十傑が……つまり、帝国最強の十人のうちの八人が同時に襲ってきた時だ」

　ストラは笑いながら話を進めた。

「しかも、あの時は僕以外は連戦と連日の移動で疲れ切ってて、民衆を守る為の戦力も残したら僕以外に戦えるのがいなくて……一人で、帝国十傑を八人同時に相手することになったんだ」

「ひ、一人でですか?!」

　今まで黙っていたエトナが思わず声を上げた。

「そう、一人で。特に一位と三位の奴が強くて、しつこくて、どれだけ寿命を削って戦っても倒れなくて……本当に死ぬかと思ったよ。あはは！」

　なんというか、すごすぎて言葉も出ない。僕からすれば、何笑ってんだって感じだ。

「それからは、順調に事が進んだんだ。僕たちはバレにくい不毛の荒れ地に逃げ込んだんだけど、僕の仲間は優秀な人が多くてさ、どうやったのか知らないけど、気付いたら家が建ってて、食糧が配られてて、草木が生い茂ってて……それで、半年もそこで暮らす頃にはもう国と言っても遜色《そんしょく》ないほどに成長してた。今考えたら、帝国の産業関連の技術者とか能力者は結構根こそぎ連れていっちゃったんだと思う」

　なるほど。そりゃあ、躍起になって追っ手を出すよね。

「まぁ、しばらく経ってから帝国に発見された頃には既に帝王は変わってて、その帝王もこんな離れた土地に建てられた国なんて欲しくなかったのか、僕らの国は放置されることになった」

「へぇ……あれ、じゃあなんで死んだの？」

「あはは、忘れたのかい？　僕の能力だよ。自分の寿命を消費して一時的に強くなる能力だ。僕は、それを頻繁《ひんぱん》に使いすぎてたのさ。だから、22歳で突然ぽっくり逝っちゃったんだ」

いや、ん？　今なんて言った？

「……22歳？」

「そう、22歳だよ？　あ、見た目で勘違いしてたのか。多分だけど、能力を発動してる間は見た目が老いることはないんだと思う。……代わりに寿命は普通より削れるけどさ」

なるほど、能力発動中はステータスが上がるだけじゃなくて老いもしないのか。いや、むしろ超高速で老いてるんだろうか？

「……そういえば、なんで二代目の国王にラディアーナは選ばれたの？」

「僕が死んだ後のことは分からないけど……ラディアーナはみんなから好かれてたから、多分民衆の意思で決まったんだと思う」

へぇ、まぁ、確かに穏やかで人の良さそうな感じはしたね。

「……さて、他に何か聞きたいことがあるなら言って」

僕たちは顔を見合わせ、沈黙を貫いた。

「ないなら……始めようか」

ストラはヒョイと立ち上がり、腰に差した剣を抜いて構えた。その動き一つ取っても洗練されたもので、素人目に見てもストラの強さと修練の跡が伝わってきた。

「元帝国十傑、『狂剣』が一人。初代トゥピゼ国王、ストラ・スラスト」

ストラは剣を僕らの方に向けて真剣な表情で言った。

「魔物使い《モンスターテイマー》、ネクロ」

僕は自分の職業をまるで二つ名のように言って二本の短剣を構えた。

「参るッ！」

「行くよッ！」

僕たちは同時に言葉を発し、互いに真逆の行動を取った。ストラは剣を持って僕たちに突っ込み、僕は短剣を構えつつも数歩後ろに下がった。

「ッ！　この人速すぎますッ！」

「そりゃあ速いさ。僕は元帝国最強の剣士なんだよ？」

ストラの速度は異常だ。全体の動きの速さではエトナが優っているが、剣を振る速度はストラの方が勝っている。レベルか、修練か。いや、その両方だろう。

しかし、どのような要因にしてもエトナが押されているという事実に変わりはない。

「闇腕《ダークアーム》ッ！」

「無駄だ。そんな力で掴まれたところでなんの意味もない」

ストラの影から無数の闇の腕が生え、足を掴んだが邪魔にすらなっていない。

「くッ、速すぎッ………ぁ」

ストラの猛攻がエトナを襲い続け、遂にエトナの防御に綻《ほころ》びが生まれた。

「頸弄拳《ケイロウケン》」

「甘いッ！」

そして、その綻びにストラの剣が突き刺されようとした瞬間、メトがエトナの前に出て拳を突き出した。しかし、ストラは咄嗟に体をズラしたため、拳は掠るだけだ。

「そのままじゃ、いつまで経っても僕は倒せない。」

一瞬で距離を取ったストラが剣を掲げると、剣は赤黒い光を放ち始めた。

「崩　滅　の　刃《ディストラクション・スラッシュ》」

そして、言葉と共にストラが剣を振るうと、その刃から剣を纏う光と同じ色の赤黒い斬撃が飛ばされた。

「暗　影　斬《ダークシャドウスラッシュ》ッ！」

それを迎え撃つのは黒い刃の形となったエトナの腕だ。漆黒の腕に更に黒いオーラを纏った刃の腕で、赤黒い斬撃を迎え撃った。

「いつまで耐えられるかい？　崩　滅　の　刃《ディストラクション・スラッシュ》」

「暗　影　斬《ダークシャドウスラッシュ》ッ！」

「崩　滅　の　刃《ディストラクション・スラッシュ》」

「暗　影　斬《ダークシャドウスラッシュ》ッ！」

激しい斬撃の応酬に僕はただ見ていることしかできない。

「崩　滅《ディストラクション》ッ、そうか、君もいたねッ！」

「貴方の好きにはさせません。破天《ハテン》ッ！」

押されているエトナを見たメトはすぐにストラに駆け寄って拳を叩き込む。が、何度振るってもその拳は避けられる。

「……僕も、何か」

何かしなければ、と思っても僕にできることはない。攻撃しても邪魔になるだけだし、闇腕《ダークアーム》程度の妨害は無駄だと分かったし、闇騎《ダークウォーリアー》を召喚するのもまた邪魔になるだけだ。

「……いや、あるはずだ」

考えろ、今足りていないものはなんだ？　どうすればあの男を倒せる？　何が、何が足りていないのか、何があればいいのか。それを、考えろ。

防御力？　違う、今のところ攻撃は避け切れている。なくてもどうにかできるはずだ。だったら、攻撃力？　違う、攻撃が当たりすらしていないのに威力だけ高めてもしょうがない。

「……分かった」

必要なのは、速度。スピードだ。攻撃は当たる寸前で躱されている。だったら、避けられないくらいのスピードで攻撃すればいい。単純な話だ。

でも、どうやって？　いやいや、僕にはその問題を簡単に解決できる特権がある。

「……スキルショップ」

僕はスキルショップを開き、元から目を付けていたあるスキルを取得した。ついでに、ステータスもＩＮＴをメインに割り振っておいた。

「エトナ、メト。ちょっと体の調子がおかしくなると思うから気を付けてね！」

僕は二人に警告しつつ、新しいスキルに集中した。

「ね、ネクロさんッ?!　っと、本当に容赦ないですねッ！」

「容赦ないって、僕に言われても僕の体は自動で動くんだからどうしようもないさ」

僕が取得した新スキル、新しい魔法。音魔術と同じく１００ＳＰも使って買ったスキルがこれだ。

「――――加速《クイック》」

二人に指先を向けてそう言うと、ストラに押されていた二人の様子がおかしくなり、気が付けば逆に押し始めていた。

「ね、ネクロさんッ！　何これ、なんか、なんか速いですよッ?!」

「マスター、肉体に異常が生じています。通常の2．21倍の速度を観測しました」

そう。それもそのはずだ。それが僕が100SPを犠牲に取得した能力。

「――――時魔術の力だよ」

時魔術。それは、文字通り時間を操る魔法。とはいえ、全体的に魔力の消費が激しいので、ずっと使うっていうのは難しい。そしてこの加速《クイック》は文字通り加速する力。それは、単にAGIを上げるだけでなく、対象の時間そのものを加速させる。移動速度は当然として、回復速度や思考速度もだ。

「なるほど。時魔術の加速《クイック》か……そんなものまで使えるなんて、魔物使い《モンスターテイマー》から魔術士に転職した方がいいんじゃない？」

「あはは、残念だけど僕はこの職業《ジョブ》を気に入ってるんだ」

余裕そうな声色で言ったストラだが、その類には冷や汗が伝っている。

「影像斬舞《シャドウ・ダンス》」

2倍の速度になったエトナは、残像のような影を残しながらナイフと腕の刃を振るい続ける。

「くッ、見えないッ！　姿が、捉えられないッ！」

速すぎる動きとエトナに重なるように生まれる残像の影に翻弄され、段々とストラの体に傷が増えていく。しかも、エトナが創り出した影は自由にエトナが潜ることができるので、ストラの攻撃が当たりそうになっても簡単に回避される。

「ぐぉッ、後ろからもッ?!」

更に、後ろからメトが凄まじい速度の拳を叩きつける。一溜まりもなく吹き飛んだストラは壁まで叩きつけられた。

「崩滅の加護《ディストラクション・ブレス》ッ!!」

立ち上がったストラの肉体そのものが段々と赤黒い光を放ちながら崩れ始める。もしかして、自分の命を犠牲にして自分を強化してるのか？　どれだけ自己犠牲能力が好きなんだ。

「ま、マズイですメトさん。早く倒さないとあれはッ！」

「分かっています。同時に仕掛けましょう」

さて、僕にはあと一回だけ敵を妨害できる切り札を残している。それは……、

「————創音《サウンド》」

時魔術と同じく、１００ＳＰで取得した大魔術だ。

「ぐぉッ!!??」

ストラの耳の中で鼓膜が余裕で壊れるほどの爆音が鳴り響いた。

「……い、今ですッ！」

二人も一瞬聞こえた大きな音に驚いたようだが、目の前で隙をさらしたストラを見過ごすわけもなかった。

「致命の刃《クリティカル・エッジ》ッ！」

「覇王拳《ハオウケン》」

エトナの赤く光るナイフが、メトの黒いオーラを放つ拳が、同時にストラに叩き込まれた。

「……ぁ、ぁぁ……漸く、か……漸く、僕たちは、ここから……」

二人の一撃を叩き込まれたストラの体は最早動かない。更に、自分の能力で体は崩壊が進んでいる。もう、死は近いだろう。

「……あり、がと……本当、に……感謝、している……ラディアーナ、を…………トゥピゼ国、を……その民を……救ってくれて、本当に……ありがとう……」

苦しそうにしながらも、救われたような表情で、ストラは言った。その瞳からツーっと涙が伝うと……ストラの体は完全に消滅した。

◇

ストラの消滅を見届けた僕たちは、下へと続く階段を下りた。

「……もしかしなくても、これだよね？」

「絶対そうです。禍々《まがまが》しいオーラがすごいです」

階段を下りた先にはそこまで大きくはない部屋があり、その部屋自体が祭壇のようなものになっている。更に、祭壇の中心には真ん中が黒と赤で濁った紫色の玉があった。

「ね。どう見ても邪悪っていうか――ッ！」

瞬間、部屋の中に邪悪で禍々しい風が吹き荒れた。

「――――邪悪とは失礼ですねぇ？　いい悪魔だっているかもしれませんよ？」

吹き荒れる風の中心には、高級そうな黒い服を着た黒髪赤眼の男が悠然と立っていた。しかし、その男の頭には二本の角が生えている。悪魔だ。

「い、いい悪魔なんて見たことありませんッ、それに登場の仕方が邪悪そのものじゃないですか！」

「まぁまぁ、落ち着いてよエトナ……最初に聞きたいんだけど、君の名前は？」

僕は飽くまでも冷静に、余裕を持ってその悪魔に問いかけた。

「……いいでしょう。私はネルクス、公爵級の悪魔です」

「あの本の……やっぱりやばいじゃないですかっ！」

エトナが焦ったようにそう言う。悪魔のランクは貴族と同じ爵位が用いられる。その中でも公爵は上から三番目で、上の二つはその名が歴史に残るレベルなので普通の悪魔としては最強格の強さということになる。やはり彼はあの本の悪魔らしい。

「いえいえ……エトナさん、と言いましたね？　貴方ほどの化け物ではありませんよ。まぁ、自分では気付いていないようですがねぇ？」

「え、私ですか？」

エトナが化け物？　魔物だってことに気付いてる？　いや、だとすれば自分では気付いていないって言葉の意味が分からない。

「えぇ、そうです。とはいえ、気付かない方が幸せかもしれませんがねぇ」

気付かない方が幸せ……ねぇ。

「あぁ、それと……私相手に警戒する必要はないですよ。私のこの体はあくまで幻に過ぎませんので、あの玉がある限り貴方方《あなたがた》に触れることすらできません。更に言えば、この祭壇の外に出ることもできませんからねぇ」

「取りあえず、僕は君と契約を結びに来たんだ。僕に従えば、君をこの封印から解放してあげるよ」

僕の言葉に、ネルクスという悪魔は口元を三日月のような形に歪めた。

「クフフ……悪魔と契約するという意味を理解しておられないのですか？　しかも、公爵級であるこの私と契約するという意味を」

「いや、分かってるよ。破ったら魂を持っていかれるとかだよね？　でも、大丈夫。君とする契約は悪魔の契約じゃない」

ネルクスは不思議そうに首を傾げ、僕たち三人を見てから一つ頷いた。

「なるほど、貴方は……魔物使い《モンスターテイマー》ですか」

「正解。僕は魔物使い《モンスターテイマー》だ。だから、主従を結ぶだけの契約なら君の力を使わなくてもできる」

悪魔の契約の力というのは絶対的な強制力はないが、破った際に魂を持っていかれるという恐ろしい代物《しろもの》だ。そして、得てして悪魔というのはあらゆる手段でその契約を破らせ、最後には必ず魂を奪うのだ。

当然僕はそんな契約を結ぶのは真っ平御免なので僕の力で契約させてもらう。

「……いいでしょう。ですが、契約内容は平等に決めさせてもらいますよ？」

「勿論。僕だって従魔を奴隷みたいに扱う気はないからね」

さて、悪魔との交渉は苦労しそうだ。

◇

数十分後、交渉の末に契約内容が決まった。

「では、確認しましょう。貴方は私の封印を解き、私は貴方の従魔となるが、死を強制するような命令は無視することができる。私が貴方の従魔である間は無許可で人と貴方の従魔を害することは禁じられる。契約を他人に引き継ぐ行為は禁止される」

「うん、そうだね。合ってるけど……本当にこれだけでいいの？」

僕の言葉にネルクスは笑った。

「クフフフ……勿論、構いませんよ？」

何か裏がある気がする。が、特に契約の穴も思いつかなかったのでその条件で受け入れることにした。

「じゃあ、いくよ？」

「えぇ、いつでも構いません」

そう言ってネルクスは僕の前に跪いた。

「『我は汝が魂を認め、汝は我が魂を認める』」

跪いたネルクスの頭を触り、魔力を注いでいく。

『汝は我が従僕となり、その魂を我に捧げよ』」

今度は、ネルクスから僕に魔力が伝わってくる。

『故に契約せよ。我を守る盾となり、敵を貫く矛となることを』」

ネルクスの存在が近づき、その魂の邪悪な匂いがするのを感じた。

『主従の契約《サーヴァント・コントラクト》』」

瞬間、お互いの魔力が急速に互いに流れ始め、ネルクスの手の甲に青い紋章が刻まれていき……

契約は完了した。

「はぁ、やっぱり結構疲れるね、これ。魔力も食うし……」

「これはこれは、お疲れのようですね。我が主《マイロード》よ」

ネルクスが愉快そうな表情で話しかけてきた。

「うん。君は余裕そうで何よりだよ……はぁ」

「勿論ですよ。私は公爵級の悪魔ですからねぇ？」

確かに、そのランクの悪魔ともなれば魔力量も桁違いなんだろうね。

「さて、こんなに簡単に契約してくれるとは思いませんでしたが……貴方が死ねば、当然契約は解除されますよ？」

ん？　いや、そんなことはないはずだ。僕らは死んでも復活するし、その際に契約が消滅することはない。これは間違いないはずだよ。

「まぁ、私や彼女らが守っている限りなかなか死ぬことはないでしょうが……人には寿命というものがありますからねぇ？　ここで何千年と封印されておくよりは人間の短い生に付き合ってやる方がマシですからねぇ」

あぁ、なるほど。そういうことか。そういう風に勘違いしてたわけね。僕が何かの要因で死んだ後に自由に暴れられればそれでいいやってことね。

「一応言っとくけど、僕は次元の旅人だよ？」

「ふむ。珍しいですねぇ……それが何か？」

あ、そうか。昔から次元の旅人自体はいた設定だったね。死んでも蘇るのは今の次元の旅人だけで、この悪魔は僕らが来るずっと前に封印されてるから、僕《プレイヤー》らのことを知らないんだ。

「今、この世界にはたくさんの次元の旅人がいるんだけど……死んだら、漏れなく復活するよ？　復活すれば、たとえ死んでも契約は切られない」

たとえ現実の僕が寿命や事故で死んだとしても、このアバターが真の意味で滅びることはない。だから、契約が勝手に解除されることはないだろう。

「それに、そもそも寿命で死ぬことはないかな。この体が老いることはないから」

僕の言葉を聞いて、ネルクスの動きが止まった。

「………………………ク、クフ、クフフフッ！　面白いッ、悪魔であるこの私が人間風情に騙《だま》されるとは……いいでしょう。貴方の魂が朽ち果てるその時まで、付き合ってあげましょう」

……いや、うん。騙したっていうか勝手に騙されたっていうか……言われてみれば、目の前にいる相手が無限に復活する不老なんて発想、普通は浮かばないよね。

「まぁ、うん。気が向いたら契約を解除するかもしれないから。大丈夫だよ、多分」

「ク、クフ、クフフフ……漸く封印の中から出られたと思えば次は従魔ですか……クフ、クフフフ……私、これでも公爵級なんですがねぇ？」

僕もあんまりな扱いだとは思うけど、しょうがないよね。悪魔だし。

「まぁ、取りあえずステータスを見させて貰おうかな」

僕はネルクスに解析《スキャン》を使用……できない？　なんだこれ、どういうこと？

「あぁ、見えませんか？　そうでしょうねぇ。私が敢《あ》えて見えないようにしているんですから」

「んー、見えるようにしてもらえる？」

僕がそう尋ねるが、悪魔は微笑みながら首を振った。

「命令ならば受け入れざるを得ませんが……お勧めはしませんねぇ。何故なら、私のある能力によって私の真のステータスを見た者は壊れてしまいますからねぇ」

うわ、何それ。なんか呪いの本みたいだ……いや、でもネルクスの言葉が本当って保証はないね。

「ふーん……それって、本当のこと言ってる？　嘘偽りなく答えてね」

主として命令を行使し、ネルクスに真実を答えさせる。

「クフフ、命令ですか……えぇ、本当ですとも。嘘偽りなく、私を視れば壊れますよ」

「あはは、疑ってごめんね。分かったよ」

わざわざ教えてくれるなんて意外に優しいよね。あ、そうだ。

「そういえばエトナ、悪魔って大会で出してもいいのかな？」

「い、いや、流石にダメだと思いますよ？　そんなことしたら教会が黙ってないと思いますし」

あー、そういえばそんな組織あったね。ティグヌス教はこの世界で最も広まっている宗教だ。信仰者が多いだけに力も大きく、政治的な影響力は凄まじい……らしい。それで、ティグヌス教は悪魔を毛嫌いしてるらしいから、闘技大会で出したら流石にやばいということだ。

「あ、そうだ。ネルクス。君って何ができるの？　色々できそうな感じはするけど」

「闇魔術と……後は、影に潜れたりしますねぇ……」

闇魔術と影に潜れたり……？

「あ、あれ？　私と被ってません⁈　ねぇッ！　影とか闇に潜れるってッ！」

うん、だよねぇ。

「いえいえ、私が潜れるのは影だけですからねぇ。闇に潜るなんてことはできませんし……他には、幻を見せるだとか、精神を掌握するだとか、ですかねぇ？　一応、他にも色々魔術は使えますが。

まぁ、言ってもキリがありませんねぇ」

「へぇー、本当に悪魔みたいだね」

「ク、クフフ……えぇ、正真正銘悪魔ですからねぇ！」

ネルクスは初めて声を荒らげた。なんとなく馬鹿にしてみたが、普通に強いよね。

「うん。結構強そうだね……じゃあ、早速影に潜ってくれる？」

「それは構いませんが……」

何故？　と言いたげにネルクスは僕を見ている。

「いやぁ、その角とか見られたらさ、一瞬で悪魔だって分かるじゃん？」

「いえ、これは隠そうと思えば隠せますが？」

「うーん。でも、教会のすごい人とかに見つかったら角を隠してても一目でバレそうだけどね」

「…………でしたら、影に潜らせていただきましょう」

諦めたように言ったネルクスに、僕は笑顔で頷いた。ネルクスは僕の足元まで近づいてくる。

「あ、待って。ネルクス」

「はい、なんでしょうか」

ネルクスは立ち止まり、首を傾げた。

「いや、そういえばまだ封印解いてなかったよね。あはは、忘れてたよ」

「……えぇ、そうですか」

ネルクスは冷たい目で僕を見た。

「えーっと、封印の解除は……このオーブに魔力を込めればいいんだよね？」

交渉の際に聞いていたので、僕は祭壇中央にある紫色の玉を指差した。

「えぇ、そうすればオーブは壊れます」

早速僕は祭壇のオーブに手を当て、魔力を込め始めた。

「おっけー、じゃあ早速いくよ？」

「お願いします、我が主」

言葉に従い、僕は更に魔力を込めた。すると、すぐにオーブにヒビが入り始め、数秒でオーブは弾け飛んだ。

「…………え、これで封印解けたの？」

「えぇ、解けましたよ。我が主」

やけにあっさりだけど、封印は解けたらしい。と、その時。何か変な音がダンジョンから鳴り始めた。

「な、なんですか？　なんか変な音が……あ、もしかしてっ！」

エトナは思いついた、と言わんばかりに手を叩いた。

「マスター、恐らくですがこのダンジョンはもうすぐ崩壊します。グランジェスという者の言葉が正しければ、悪魔の封印が解けたこのダンジョンはもう存在意義をなくしたので、ダンジョンモンスターと共に消滅するのではないでしょうか」

「な、なんで全部言っちゃうんですか!?」

自分が言いたかったのか、メトを恨みがましく見ているエトナ。

「……我が主よ、崩壊するなら早く逃げた方が良いのでは？」

「あぁ、うん……そうだね。よし、脱出しようか」

僕たちは部屋の前に戻り、青い光を放つ地面の魔法陣の上に乗った。しばらく乗っていると、魔法陣は光を増していき……崩壊するダンジョンの中から、僕たちは脱出した。

◇

完全に崩壊したダンジョンを出た僕たちは、ネルクスに影の中に潜み僕を守るように命令し、セカンディアを歩いていた。

　ダンジョンを出てから気付いたが、『称号：昏き砂丘のカタコンベの踏破者』と『称号：昏き砂丘の解放者』を獲得していた。

　前者は単純にダンジョンクリア時の称号で、後者はダンジョンを完全にクリアした者に与えられる称号だ。効果はSP、AP＋150と、SP、AP＋300だった。

　つまり、合計で450ポイントもゲットしたということになる。使い道は色々とあるだろうけど、今は一旦落ち着きたいので放置することにした。

「はぁ……なんか漸く落ち着いたって感じですね」

「そうだね。次に忙しくなるのは闘技大会かな」

　それまではゆっくりできるだろう。

「……いや」

　そういえば、掲示板である噂を聞いた。

「デス・ペナルティ」

　プレイヤーをぶっ殺すことを専門とする迷惑な集団、PKクランのデス・ペナルティ。そこから二人のPKが僕を殺しにやって来るらしい。名はドレッドとブレイズどちらもナルリア周辺では有名なPKプレイヤーだ。

「いつ襲ってくるのかは知らないけど……そう遠くはないだろうね」

　まぁ、とは言っても流石に街中で襲われることはないだろう。

「にしても、お腹《なか》空《す》きましたねー！」

「いいよ、何か食べる？」

本当は、他のエリアの探索に行ったりしたいが、エトナとはあのダンジョンを攻略したら少しの間三人で休むと約束してしまった。

「なんかいい店あるかな？」

プレイヤーにとっては必要のない飲食とはいえ、折角なら美味しい物を食べたいからね。僕は辺りを見回した。

「あの店はどうでしょうか」

そう言ってメトが指差した店は『風の居所』という酒場だった。僕も話は聞いたことがある。中からは騒がしい声が聞こえてくるが、ネットでの評判は良く、飯が美味《うま》いらしい。

「うん。いいんじゃないかな？　行ってみよう」

「お、ネクロさんも乗り気ですね？　行きましょー！」

急に戻ってきた日常感に、僕はあの砂丘に囚われていた彼らを思い出した。解放された彼らの魂はどこへ向かうのだろうか。もしかしたら、ラヴが言っていた冥界なんかにいるのかな。

「ネクロさん、入らないんですか？」

「ん、あぁ、ごめん。行こうか」

僕は思考を放棄し、今は休息に向き合うことにした。ＰＫに闘技大会、ダンジョンに女神……まだまだイベントはたくさんだ。だからこそ、今だけはゆっくり休むとしよう。

あとがき

『Chaos Odyssey Online ～ＶＲＭＭＯで魔王と呼ばれています～』をご購読いただきましてありがとうございます。

書籍化という経験は初めてであり、社会経験も無いような僕ですが、ここまで来れたのは偏《ひとえ》に応援してくださった皆様や、支えてくださった方々のお陰です。

この本はネット小説サイトに掲載しているもので、書き始めた時はまだ高校生でした。その時はまさか自分が書籍化できるとは思っていませんでしたが、それ故に稚拙な描写もあったかと思います。特に僕自身が経験していない大人についての描写なんて全部勝手なイメージでしかない訳です。

さて、もう書くことが無くなってきましたので取りあえずこの作品を書くに至った理由を話します。元々、この作品はとあるＹｏｕＴｕｂｅｒの方の企画に応募するために書いていた作品で、僕自身日頃からネット小説を読み漁《あさ》っていたので、執筆活動というものに興味もあり書き始めました。

ＶＲＭＭＯ系の作品にした理由ですが、魔物や魔法がある異世界的な世界観でありながら、ゲームだからという理由である程度好き勝手できるからです。プレイヤー同士なら命を懸けた勝負も気軽にできますし、大人数での戦争も深い理由なく行えます。その上、現代のノリも割と簡単に書くことができるので完全な異世界ものより気を遣うことも少ないですし、これから執筆を始めたいという方でゲームの経験やＶＲＭＭＯ系の作品を読み漁っている方にはおすすめです。

次に、各キャラの名前の由来について話しましょう。まず主人公のネクロ君ですが、割とそのまんまで、ネクロマンサーから取ってネクロです。因みにネクロ単体の意味だと死そのものですね。

ヒロインのエトナは、イタリアのシチリア島にあるエトナ火山から取っています。直接的な関係性は無いですが、理由無くエトナ火山から取った訳ではありません。ただ、理由を話すとネタバレになりかねないので一応ここでは控えさせていただきます。

もう一人のヒロインのメトですが、彼女の由来はゴーレムから来ています。ユダヤの伝説においてゴーレムは額に真理を意味するemeth（エメト）という文字を記すことで動き出し、その文字からeを消すことで死を意味するmeth（メト）に変わり、ゴーレムは動きを止めます。という訳で、元々エメトという名だった彼女をメトと命名しなおすことで単なる傀儡《かいらい》としての生から解放され、新たに自由な生を手にする……とか色々考えてたんですが、実際のところはネクロと同じ死を意味する名前だったら面白いよねってくらいしか無いです。

その他の従魔達ですが、大体は適当です。一応意味があるのはロアとアースで、ロアは咆哮、アースは大地。それだけですね。

最後に現実勢の実と安斎ですね。実は特に理由は無いですが、主人公の真と合わせると真実になります。なるだけです。安斎はゲーム内だとチープですね。安斎の安から来てチープです。ちなみにネット小説の方も含めて安斎の下の名前は公開されてません。が、特別にここで公開します。彼の名前は安斎康祐《あんざいこうすけ》です。別に隠していた訳でも無ければ、今考えた訳でも無いのですが、何故か公開していませんでした。

さて、ここまでご覧いただきありがとうございました。次回作があれば宜《よろ》しくお願い致します。

スキル？
ねぇよそんなもん！
~不遇者たちの才能開花~
ブックス
2023年3月
第2巻発売!!
著：silve　イラスト：生倉のゑる
目標も無く毎日をダラダラと過ごしていた梶川光流は、ある日、唐突に見知らぬ森の中で目を覚ます。これが巷で流行りの異世界転移か！　そう喜んだのも束の間、ステータスはオール0。さらにスキルもチートも無しで危険なモンスターに襲われるハードモード！　見習い聖騎士のアルマティナに助けられて人里にたどり着くも、不遇職のアルマともども他の冒険者からバカにされてしまう。しかし、魔力操作を身に着けた光流はアルマと共に常識外れの成長を遂げていき――？

魔王軍幹部を倒したロインはついに冒険者ランキング１位に！　名実ともに勇者の称号を得たのも束の間、王城に呼び出されたロインは居住地であるアルトヴェールの領主に任命される。スキルの力で手に入れたレアアイテムを元手に商会を立ち上げ、さらなる人材確保のためギルドラモンという街に訪れたロインだったが、その街の冒険者ランキング１位であるカナンという少女に絡まれてしまい——。描き下ろしエピソード追加＆大幅加筆の成り上がりファンタジー第２弾！

UNDERDOG
かませ犬な第一王子に転生したので、ゲーム知識で無双する
ブックス
最強のかませ犬が戦場を駆ける!!
好評発売中!!
著：しんこせい　イラスト：ダイエクスト
リィンスガヤ王国第一王子であるトッドは前世の記憶を持っている。自身がハード過ぎるシミュレーションゲーム『アウグストゥス～至尊の玉座～』で絶対に破滅エンドを向かえてしまう「かませ犬」だと気付いたトッドは、未来を変えるためにゲーム知識を使って兵器を開発、人材の確保、果ては兄弟喧嘩の仲裁と次々に破滅フラグを折っていく。真のエンディングでさえ報われないかませ犬王子が目指すはエンディングのその向こう！

BKブックス

Chaos Odyssey Online

～ VRMMO で魔王と呼ばれています～

2023 年 2 月 20 日　初版第一刷発行

著　者　暁月《あかつき》ライト

イラストレーター　トーチケイスケ

発行人　今 晴美

発行所　株式会社ぶんか社
〒 102-8405　東京都千代田区一番町 29-6
TEL 03-3222-5150（編集部）
TEL 03-3222-5115（出版営業部）
www.bknet.jp

装　丁　AFTERGLOW

編　集　株式会社 パルプライド

印刷所　大日本印刷株式会社

ISBN978-4-8211-4652-9